마흔에는
재미있게
살아야지

마흔에는
재미있게
살아야지

초판 1쇄 인쇄일 2022년 07월 27일
초판 1쇄 발행일 2022년 08월 05일

지은이 서수란
발행인 이지연
주간 이미숙
책임편집 이정원
책임디자인 김은주
책임마케팅 이운섭
경영지원 이지연

발행처 ㈜홍익출판미디어그룹
출판등록번호 제 2020-000332 호
출판등록 2020년 12월 07일
주소 서울시 마포구 독막로18길 12, 2층(상수동)
대표전화 02-323-0421
팩스 02-337-0569
메일 editor@hongikbooks.com

ISBN   979-11-9142-087-6 (03810)

마훈에는
재미있게
살아야지

글·그림 서수란

홍익출판미디어그룹

당신의 마흔은
어떤가요?

≈

마흔이 되던 그 해 조금은 슬펐던 기억이 난다. 다시는 돌아갈 수 없는 청춘의 강을 건너는 기분이었다. 철없이 해맑았던 10대와 열정이 충만했던 20대를 지나 그 끝자락에 결혼하여 아이 둘을 낳았다.

30대는 온통 처음 해보는 다중이 역할들 엄마, 며느리, 아내, 아줌마에 익숙해지느라 시간을 다 보냈다. 영혼은 아직 내 몸뚱이 하나 겨우 챙기는 20대 아가씨인데 육체는 뭐가 이렇게 해야 할일들이 많은지. 새로 떠맡겨진 역할들 속에서 육체와 영혼의 엄청난 간극을 맛보던 시기였다.

첫 아이의 출산과 육아는 생각보다 낭만적이지 않았다. 밤마다 고된 극기 훈련을 받는 기분이었다. 모성애와 지친 육신의 싸움은 늘 어느 한쪽이 이겨도 달갑지 않았다. 밤잠 설침과 자잘하게 손이 많이 가던 육아에서 서서히 벗어나는 동안 신랑의 이직으로 바다 건너 사계절이 여름인 싱가포르에 와서 살게 되었고, 나는 어느새 마흔을 훌쩍 넘겼다.

《마흔에는 재미있게 살아야지》라는 책 제목을 동생에게 말하자, 대체 마흔이 되어서 뭐가 재미있어졌냐고 물었다. "글쎄… 얼굴과 몸매는 확실히 재미있어진 거 같아"라는 대답이 불쑥 나왔다.

하지만 이상야릇 재미있어진 얼굴과 몸매 말고, 마흔이 준 선물은 사실 다른 곳에 있었다. 지극히 평범한 하루가 최고의 하루라는 깨달음, 멀리 볼 필요 없이 오늘 하루를 정성 들여 잘 사는 것의 중요함, 다정한 안부를 물어주는 가족과 지인들의 더없는 소중함.

현재의 민낯을 왜곡 없이 그대로 받아들이려면 조금 더 씩씩한 마음이 필요하다는 것, 더불어 예측할 수 없는 사건 사고가 빵빵 터지는 현실에서 작은 재미와 웃음을 발견할 수 있다면 쉽지 않은 인생도 그럭저럭 재미있게 살 수 있다는 것. 마흔이 건넨 종합 선물 세트 생각 꾸러미이다.

가만히 들여다보면 평범한 나와 가족, 이웃, 우리들의 삶 속에 좋은 이야깃거리가 생각보다 많다. 그 좋은 이야기들을 들으며 우리는 '나도 비슷한 경험 있는데', '나도 그 기분 아는데' 하며 피식 미소를 짓고 위안을 얻는다.

사람들에게 인생에 좋은 일들만 있을 수는 없지만, 내가 누군 가에게는 좋은 사람이고, 이런저런 일을 겪었어도 오늘 마신 커 피가 달콤했다면 삶은 꽤 살 만하다고, 우리 함께 작고 다정한 이야기들을 발견해 보자며 따뜻한 말을 건네 보고 싶었다.

힘든 때일수록 좋은 이야기들의 힘을 믿기에, 과거와 현재를 넘나들며 어두운 이야기보다는 밝고 재미있는 순간들을 포착하 여 글과 그림으로 담아보았다. 마흔이 되어 돌아보는 추억들은 그 당시에는 몰랐던 꽤나 다채로운 생각거리들을 던져주었다. 더불어 뜨겁고도 낭만적인 적도의 나라, 싱가포르라는 특수한 환경에서 살아가는 이야기들도 함께 담았다.

어쩌면 이 책은 재밌게 살아온 이야기가 아닌, 앞으로도 순간 순간 재밌게 살자는 나의 다짐이기도 하다.

늘 내 글의 첫 독자이면서도 나의 글쓰기가 끝나기만을 오매 불망 기다리는 신랑, 순종과 반항의 눈알을 희번덕거리며 번갈 아 끼우다가 맛있는 밥상 앞에선 강아지처럼 순해지며 옆에 와 부비는 아들, 손녀를 바라보는 할매의 마음으로 키우고 있는 늦 둥이 딸. 이들과 오늘 하루도 재밌게 살아보고 싶다.

책이 세상에 나오기까지 애써주신 홍익출판미디어그룹 식구분들, 따뜻한 응원을 보내주신 사랑하는 가족들과 지인들, 책 안에 등장하는 모든 분들과 책장을 넘겨줄 독자분들에게도 깊은 감사를 전하며, 여러분 모두의 하루에도 작은 재미가 깃들기를 소망해 본다.

일상에서 작고 다정한 재미를 찾아요.

목차

PART 1
적도 위의
소소한 날들

아시아와
사랑에 빠진 사람들

≈

신혼여행으로 유럽 배낭여행을 갔을 때였다.

프랑스 지하철에서 여행자용 티켓을 끊는데 유난히 직원이 짜증을 내며 온갖 신경질을 다 냈다. 처음 나와 보는 유럽이고, 우리가 유러피안의 정서를 잘 몰라서 그런가 하고 넘어가기엔 그녀의 행동은 점점 도를 지나치고 있었다. 가만 보니 동양인에 대한 무시와 짜증이었다.

우리가 어리바리했나, 아니 그렇지 않았다. 여행 책자에서 확인한 티켓을 앞의 관광객이 똑같이 사가는 것도 보았고 우리도 사진까지 짚어가며 같은 걸 달라고 이야기했지만, 직원은 못 알아들은 척하며 신경질을 부렸다. 나는 영어로 싸울 만한 실력은 안 되고, 영어는 되지만 싸울 생각이 1도 없는 순둥순둥한 신랑을 옆에서 보고 있자니 속에서 점점 부아가 치밀었다. '티켓 두 장 달라는데 뭐가 그리 어려워.' 이대론 안 되겠다 싶었다.

"오빠, 돈 나한테 주고 잠깐만 나와 봐."

유리 창구에 최대한 얼굴을 붙이고 작은 두 눈을 부릅뜬 다음, 있는 힘껏 손바닥을 꽝하고 바닥에 내리치며 돈을 들이밀고 말했다.

"투 티켓Two Tickets! 플리즈!!!"

조곤조곤 구차하리만큼 설명하던 신랑의 목소리와 달리 쩌렁한 내 목소리에 '오마나 깜짝이야' 하는 표정으로 놀란 직원은 순간 움찔하더니 얌전하면서도 신속하게 티켓을 줬다. 게다가 한껏 부드러운 목소리로 잔돈은 얼마라고 설명까지 하며 고분고분 잔돈을 내어주는 것이 아닌가. 잘 가라는 부드러운 인사까지 곁들이며.

이미 마음이 상한 나는 뒤도 안 보고 돌아서 걸어갔고, 순둥이 신랑은 그분을 향해 엄지 척에 "구뤠잇~!"을 연발하며 훈훈한 마무리를 하고 있었다. '내가 백인이었어도 이렇게까지 했겠나' 하는 생각에 억울함이 솟아났다.

불과 10여 년 전만 해도 한국 지하철에 아시안계 외국인 노동자들이 많지 않던 시절이 있었다. 피부색이 우리보다 까무잡잡한 그들을 보면 왠지 옆자리에 바로 앉기가 꺼려지거나, 별다른 행동을 하지 않았는데도 짙은 눈썹과 눈매가 무섭게 느껴지곤 했다. 그들도 프랑스에서의 나처럼 우리나라에서 어설픈 한국말을 섞어가며 물건을 구입하고 이동을 했을 것이다. 여기저기서 슬쩍슬쩍 내비치는 불편한 시선을 느끼며.

그들을 바라보던 내 눈빛도 그 속내는 프랑스인의 그것과 다르지 않았을 것이다. 지금 생각하면 정말 미안하다. 생각도 마음 씀씀이도 좁디좁았다.

물론 이후의 여행에서는 친절하고 좋은 백인 분들을 정말 많이 만났다. 피부 색깔의 문제가 아니라 사람 됨됨이의 차이란 걸 잘 알고 있지만 아시아 국가를 여행할 때보다 피부색도 체구도 다른 그들 사이에서 더 긴장하고 주눅이 드는 건 내 성격상 어쩔 수 없다.

눈치도 많이 보고 소심하고 쫄보가 잘 되는 나에게 싱가포르는 그런 면에서 안전한 곳이다. 싱가포르에서는 내가 한국인이라서 사랑까지는 아니더라도 생각지 않은 혜택을 받기도 한다. 어딜 가든 어설픈 내 영어에 오히려 '안녕하세요. 감사합니다' 한국말 인사를 듣고, 심지어 얼마 전엔 버스에 올라타자마자 기사 아저씨가 '안녕하세요?' 한국말로 인사해 주셔서 깜짝 놀란 적도 있다.

올해 아이가 중학생이 되어 가입한 싱가포르 공립학교 학부모 모임 채팅방에서도 간단한 문자로 인사만 나누고 그들이 나누는 대화를 읽고만 있었다.

대표인 엄마가 조용히 읽기만 하는 엄마들도 말 좀 하라고 부추기는데 단톡방에 말 좀 하려면 이미 다른 이야기로 후루룩 지나가서 내 영어 타이핑 속도로는 도통 따라잡을 수가 없었다. 안 되겠다 싶어 대표 엄마에게 영어로 개인톡을 보냈다.

-안녕. 나 지오 엄마야.
난 코리안이고, 나도 말하고 싶은데 손가락이 안 따라주네.
나 열심히 읽고 따라갈 테니 이해 부탁할게.

바로 따뜻한 문자가 날아왔다.

-안녕하세요.

한 글자 한 글자 또박또박 한글로 적혀 있었다.

한국 드라마를 너무 좋아한다며 '언제든지 이해가 안 가는 말이 있으면 나에게 말해줘. 구글 번역기를 돌려 한글로 보내줄게'라는 메시지를 받았다. 친절한 싱가포리언에게 고맙고 내가 한국인이라는 사실이 참 좋았다.

얼마 전 읽은 정세랑 작가의 《지구인만큼 지구를 사랑할 순 없어》 중에서 아시아 편에 이런 이야기가 나온다.

> 싱가포르 가든스 바이 더 베이 폐장 직전 조명 쇼에서 '첨밀밀'이 울려 퍼지자 아시아인들은 국적에 상관없이 찡한 얼굴을 했다. 어디에서 온 아시아인이든 '첨밀밀'에는 울컥해 버리는 것이다. 왜 눈물을 글썽이는지 아시아 밖에서 온 사람들은 이해하지 못하는 표정을 했는데, 그 노래를 들으며 동명의 영화를 떠올리지 못하다니 큰 걸 놓치고 계십니다.
> 〈중략〉
> 아시아에는 아시아만의 매력이 있고, 아시아인만큼 아시아를 사랑할 수 있는 사람들은 또 없지 않을까? 말하지 않아도 즉각적으로 전달되는 것들이 있다. 그러면서도 겹침 영역을 벗어나는 다채로운 나름을 비교해 볼 수 있어 재미있다.
> — 정세랑, 《지구인만큼 지구를 사랑할 순 없어》

정말 공감하며 싱가포르의 하루하루를 살고 있다. 예전에 가장 가까운 일본을 여행하면 우리나라와 다른 부분도 많지만 기본적으로 겹치는 문화들을 많이 느낄 수 있었다. 싱가포르도 말레이시아도 인도네시아도 태국도 크게 다르지 않다. 아시아권 나라를 여행하다 보면 일단 비슷한 체구와 피부 색깔만으로도 마음이 편해지는 그 무엇이 있고 통하는 그 무엇도 있다.

코로나 전에는 싱가포르에서 가까운 동남아시아의 나라들을 쉽게 놀러 갈 수 있었는데, 지금 생각하니 그때마다 별 감흥 없이 휴가지에 놀러 간다는 마음으로 보낸 게 아쉽다.

다시 하늘길이 열리면 이 어여쁜 아시아 국가들을 같은 아시안으로서 더 자세히 들여다보며 찬찬히 감탄해 보고 싶다.

어여쁜 것들을
눈에 가득가득 담아둬야지.

손가락아
예쁘게 잘 자라라

~~

"어 난데. 놀라지 말고 들어."

전화기 너머로 늘 까불대던 신랑 목소리에 생전 처음 들어보는 차분함이 묻어났다.

"응. 왜?"

불안감이 엄습해 왔고 예감은 틀리지 않았다.

"나 손가락 잘렸어. 지금 응급실이야."

싱가포르 시간 오후 한 시였다. 보통 때 같으면 동료들과 식사를 하고 있어야 할 시간이다. 너무 놀랐지만 옆에 큰 아이도 있었고, 손가락 절단 시 빠른 시간 안에 접합만 잘하면 괜찮다는 이야기를 들어서 현재 상황을 물어보았다.

"지금 의사 선생님 만났고 수술 기다리고 있어. 접합은 너무

갈려서 불가능하대."

　상황은 이러했다.

　열두 시, 점심시간이 되었고 동료들은 밥을 먹으러 가자며 신랑을 불러내었다. 신랑은 엔지니어로 오피스와 랩을 오가며 일을 한다. 그날 그 시각 신랑은 랩에 있었고 모두가 나간 후 제일 마지막으로 따라나서는데, 뭔가에 홀리듯 장비 하나에서 조금 이상한 데이터가 눈에 들어왔단다. '확인해? 말아?' 몇 초의 고민 끝에 기계에 손을 댄 것이다.

　장비에 다가가 장갑을 낀 손을 뻗어 확인하는 순간 아차 싶었다. 장비로 빨려 들어가는 장갑을 급하게 벗었을 때 극심한 통증이 찾아왔고 이미 늦었음을 직감했다. 동료들이 급하게 앰뷸런스를 불렀고 신랑은 피가 나는 손가락을 동여메고 병원으로 실려갔다.

　의사 선생님은 동료에게 다시 랩으로 가서 잘린 손가락을 찾아오라고 의료 처치 봉투를 들려보냈고, 사색이 된 그는 바닥에 뒹굴던 손톱 달린 피범벅의 왼손 네 번째 한 마디를 찾아서 달려왔다.

　그나마 왼손이어서 다행이라고 하고 싶지만, 우리 신랑은 왼손잡이라는 슬픈 사실을 밝혀야겠다.

해외에서 살면서 가장 공포스러운 순간은 바로 이런 때이다. 누가 다쳤을 때, 아플 때, 잘 알지 못하는 정보를 검색해야 하고 물어볼 곳이 없는 막막함. 아들과 나는 십 분간의 짧은 시간 동안 "잠깐만!! 수술하지 마!"를 외치며 미친 듯이 온라인 검색에 들어갔다.

서로 다른 검색 엔진을 통해 정보를 모아보니 어차피 접합이 안 될 거면 가장 성형을 잘하는 쪽으로 가야 하고, 손 전문 외과 의사가 따로 있다는 걸 발견했다. 이리저리 전화를 돌려 고마운 지인분을 통해 운 좋게도 한 전문의와 연락이 닿았다.

"오빠 멈춰! 거기서 수술하지 마. 기다려 지금 내가 데리러 갈게!"

"지금 빨리 수술실 들어오라는데?"

"안 돼. 안 한다고 그래. 딴 데 가자!"

그곳도 싱가포르 국립 병원으로 꽤 크고 좋은 곳이지만, 싱가포르는 의료비가 아주 비싸기 때문에 사립 병원들과는 실력 차이가 있을 수밖에 없다. 또 무엇보다 핸드 서전Hand Surgeon이라 불리는 손 전문 외과의사를 만나고 싶었다.

나는 부들부들 떨면서 운전대를 잡았고, 평상시엔 트럭이 앞에 있어도 추월하지 않고 얌전히 뒤에서 따라가는 스타일인데 그날은 몇 대의 트럭을 추월하며 레이싱을 했는지 모른다. 지금 생각해 보면 내가 먼저 '오빠 안녕~' 하고 갈 뻔했다. 누군가 사고 났다는 소리를 듣는다면 택시 타길 권한다.

저 멀리 남편이 보였다. 한 손은 붕대를 칭칭 감고 있었고, 다른 한 손에는 잘린 손가락이 든 봉지를 들고 있었다. 좀 어이없지만 우리는 눈이 마주치자 웃었다.

"아니 이게 무슨 시추에이션이니."

"그러게."

"아 그 봉지…. 오빠 정말 오 마이 갓이다."

"그러게. 나 이제 기타 못 치는 건가."

"기타보다 음… 직장 다닐 수 있을까?"

"그렇네…."

사립병원 응급실까지는 십 분 정도 걸렸다.

"오빠. 손가락 길이는 짧아져도 손톱은 꼭 살려달라고 말해보자. 손톱이 있으면 수술해도 티가 많이 안 날 것 같아."

"그래."

응급실 앞 주차장에 한 자리가 비어 있길래 얼른 세웠더니 경비 아저씨가 달려 나와 거기는 안 된다고 빼란다. 그때까지 멀쩡했던 나는 갑자기 눈물이 폭포처럼 쏟아졌다.

"마이 허스번드 핑거 컷컷… 엉엉."

하니 그분이 놀라서 그냥 세우란다. 그리고 응급실에서 싱가포르 최고 핸드 서전이라는 선생님을 만났고, 한 번 더 간절함이 쏟아져 나왔다.

"플리즈 메이크 프리티. 엉엉."

나의 임팩트 있는 짧은 영어는 다 통했다.

그분은 씨익 웃으면서 순식간에 A4 용지에 어떻게 수술을 할 건지 그림으로 그려주었다. 기역 자로 꺾인 뼈를 자르지 않고 세운 다음 손가락 한가운데를 길게 절개해서 살을 최대한 끌어모으고 당겨 위로 한 마디를 새로 만들거라고 했다. 손톱은 살릴 수 없지만, 최대한 노력해 보겠다고. 프리티 하게 해주겠다고 약소옥~.

신랑 옆에 있고 싶었지만 둘째 아이를 픽업한 다음 두 아이의 저녁을 챙겨주어야 했다. 다시 달달 떨리는 손으로 핸들을 잡고, 집까지 왔다. 신랑은 늦은 저녁이 되어서야 혼자 차가운 수술대에 누워 전신마취에 들어갔고 나는 아이들과 집에서 평상시처럼 저녁을 먹고 아이를 씻기고 유치원에서 있었던 이야기를 들어주며 그저 기다릴 수밖에 없었다.

두 시간이면 되겠지 싶었는데 수술은 끝나지 않았다.

'아이고 내가 괜히 옮기자고 해서 일났나 보다. 옮기느라 적절한 타이밍을 놓쳤나. 마취에서 못 깨어났나.'

자책했다가 떨었다가 마음속으로 최악의 시뮬레이션을 몇 번 돌리고 몇 번 기절할 뻔했는지 모른다. 아이들 때문에 뛰쳐나가지도 못하고 그저 할 수 있는 일은 병원에 계속 전화를 걸어 확인하는 일뿐이었다. 자정 넘어 신랑의 수술이 끝나고 일반 병실로 옮겼다는 말에 그제야 기절하듯 잠이 들었다.

다음 날 아침, 병원에 가보니 사계절 여름 나라라 그런지 고대 로마시대 옷차림처럼 거의 옷을 다 벗고 있는 신랑을 발견했다. 잘 잤는지 얼굴이 편해보였다. 그렇게 수술을 잘 마치고 퇴원해서 같이 집에 오니 무사히 살아 돌아온 신랑이 너무 고마웠다. 신랑이 없던 어젯밤이 얼마나 두려웠는지 새삼 떠올랐다. 수술 후 병원에서 입혀준 팬티가 일회용 여자 삼각팬티처럼 생겼는데 그마저도 예뻐 보였다.

"우리 이 날의 기쁨을 잊지 말자."

기념으로 그 팬티를 몇 달 고이 간직했다.

혼자 샤워할 수 없는 신랑을 위해 매일 구석구석 아이 씻기듯 몸을 씻겨주면서 살아 돌아와 줘서 고맙다고, 내가 이제 정말 잘하겠다고 하트를 마구 날리며 맹세했다. 나를 잘 아는 신랑은 굉장히 부담스러운 얼굴로 '아이고 며칠이나 갈까' 하면서도 좋아했다.

의사 선생님은 나와의 약속을 잊지 않고 지켜주었다. 몇 개월간 물리치료와 통증을 견뎌가며 잘 버텨준 손가락에는 봉긋하게 살이 올라왔다. 뻣뻣했던 마디가 구부러지기 시작하더니 결국 손톱마저 새로 꽃 피우고야 말았다. 손톱이 났다고 흥분하니 선생님은 손톱이 날 수 있는 부위를 최대한 살리긴 했는데 운이 좋았다며 씨익 웃었다.

왜 잃고 나서야 소중함을 깨닫는 건지. 열 손가락을 자유롭게 움직이고 두 다리로 걸으며 두 눈으로 서로를 바라보고, 두 귀로 아이들의 웃음소리를 들으며 내 입으로 사랑한다는 말을 전할 수 있는 오늘이 얼마나 소중한지 자꾸 까먹는다.

1년이 다 지나서야 신랑은 다시 기타를 꺼내들었다. 약간 짧아진 손가락 탓에 자꾸 줄을 놓쳐서 소리가 끊겼지만, 내 귀엔 캔디, 그렇게 달달할 수가 없는 음색이었다.

손가락아.

예쁘게 잘 자라라 ~ 。

@ 라나라나

싱가포르 자가격리의
기쁨과 슬픔

지난여름 잠시 한국을 다녀올 당시만 해도 싱가포르는 외국에서 입국 시 자가격리할 장소가 없으면 무조건 호텔에 묵어야 했는데, 그 금액이 참 비쌌다. 2주에 싱가포르 달러로 2,000달러를 내야 하고 첫날과 마지막 날 받는 PCR 검사도 125달러씩 2번을 내야 했지만, 아버지가 병원에 입원하셨던 터라 어떠한 일이 있어도 한국에 꼭 다녀와야만 했다.

예전에 종종 생일 선물로 뭐가 좋은지를 묻는 신랑에게 그런 대답을 했었다.

"혼자 딱 일주일만 호텔에 있고 싶어."

육아와 살림에 지친 아줌마의 로망이랄까. 하루 세 끼 뭐 먹을까 고민하지 않고 관광 따윈 안 다녀도 좋으니 읽고 싶은 책들을 쌓아놓고 보고 싶었던 드라마와 영화를 실컷 보며 홀로 뒹굴 수만 있다면 최고의 선물일 것만 같았다. 말이 씨가 되었나, 놀랍게도 내 생일을 끼고 2주간 혼자 자가격리를 하게 된 것이다.

첫날은 '야호!'를 외치며 킹베드로 점프해 보드랍고 하얀 침구에 얼굴을 마구 비볐다. 자가격리가 이렇게 사람을 설레게도 할 수 있구나. 드디어 자유 부인이구나. 감탄을 연발하고 가져온 책들을 한쪽 구석에 쌓아놓고 흐뭇하게 바라보았다. 문제는 그다음 날부터였다.

특수 상황인지라 호텔 전체가 자가격리용으로 사용되고 있었는데, 모두들 방에 갇혀 있어 사람 소리가 들리지 않았고 근처를 지나가는 차 소리까지 거의 들리지 않았다. 이런 적막함은 처음 느껴봤다. 처음으로 호텔 복도에 깔린 카펫이 아쉬웠다. 카펫을 걷어치우고 또각또각 사람 발걸음 소리라도 들어보고 싶었다.

하루 세 번 벨이 울렸는데 문 앞에 도시락을 가져다주는 소리였다. 도시락은 웨스턴 푸드와 로컬 푸드가 번갈아가며 나왔고, 딱히 맛있진 않았지만 그 '떵동' 소리가 얼마나 반갑던지, '파블로프의 개"처럼 나도 모르게 헥헥대며 반응했다.

　벨이 울리면 반가워서 쪼르르 뛰어나가 일단 문에 달린 구멍으로 배달하는 분이 멀어진 것을 확인한다. 그 후에 문을 열어 아직 사람의 온기가 남아 있는 따스한 도시락을 고이 방으로 들인다. 가끔 시간이 되었는데도 벨이 울리지 않으면 불안해서 이제나저제나 벨이 울리고 사람의 인기척이 느껴지길 끙끙거리며 기다렸으니 영락없이 조련된 한 마리의 멍멍이 같았다.

　호텔 방 한 면을 차지한 통유리 밖으로 어둠이 찾아들면 방 안이 조금 달라 보였다. 특히나 낮에는 멀쩡해 보였던 옷장이 달라 보였는데, 조금이라도 옷장의 슬라이드 문이 열리면 옅은 불빛이 새어 나와 걸어둔 옷들이 여러 사람들처럼 보여서 자꾸 신경이 쓰였다.

　웰컴 기프트로 준 곰돌이 인형은 밤만 되면 눈알 주위의 붉은 빛이 유독 빨갛게 보이며 피눈물을 쏟는 것 같아 으스스한 기분이 들었다. 그럴 때마다 단톡방의 싱가포르 지인들에게 조언을

---

* 러시아의 심리학자 파블로프(Ivan P. Pavlov)가 연구한 것으로 먹이를 기다리는 강아지가 무조건 자극(먹이)과 조건 자극(사람의 발소리, 빈 밥그릇, 불빛)에 의한 조건 반응(침을 흘린다)을 하는 것을 말한다.

구했다.

-언니들 밤이 무서워요.

-무서울 땐 야한 걸 봐.

-역시 현명한 언니님들.

-언니들 잠이 안 와요.

-한낮에 통유리에 달라붙어 일광욕으로 광합성을 좀 해.

-역시 현명한 언니님들.

오밤중에 넷플릭스를 뒤져 야할 것 같은 영화를 두어 편 섭렵했지만 결과는 대실망이었다. 지인들은 "야~ 수란이 머리 엄청 길어져서 나오겠다"라며 라푼젤과 파블로프의 개를 합쳐 '라푼개'라는 별명도 탄생시켜 주었다.

17층 통유리 창문에 도마뱀처럼 쩍 달라붙지는 못했지만 꽤

라푼개

비슷한 몰골로 멍하니 햇볕도 쬐었다. "거기 누구 없나요" 소리가 절로 나왔다.

물론 좋은 점도 많았다.

책들을 늘어놓고 아무 때나 펼쳐 읽을 수 있었고, 밀린 드라마도 실컷 보았으며 시간 제약 없는 반신욕도 매일 할 수 있었다. 늦게 자도 다음 날이 걱정되지 않았으며 생전 안 하는 스트레칭도 하고 가벼운 홈 트레이닝도 했다. 반가운 벨이 울리기 전 먹은 걸 소화해야만 했기 때문이다.

무엇보다 좋았던 것은 역시 가족과 지인들의 온기였다. 아침부터 늦은 밤까지 잘 살아 있는지 안부를 묻는 따스한 문자들, 생일이라고 케이크에 반찬, 커피까지 사식으로 넣어준 고마운 분들. 지나가는 말로 흘린 때밀이 타월까지 보내줘서 욕조에서 한껏 국수 가락을 뽑아냈다. 그렇게 호텔 생활이 조금씩 즐거워지고 있었다.

생일 선물로 혼자 있기를 원했으면서 아이러니하게도 외부의 그들과 끊임없이 연결되어 있음을 알려주는 카톡 소리가 제일 반가웠다니. 그러고 보니 젊은 날, 혼자 교토로 여행을 떠난 적이 있었는데 세상 쿨한 척했지만 호텔 직원들을 붙들고 말을 좀 더 나누고플 정도로 외로웠던 기억의 한 조각도 떠올랐다.

일상에서 잠시 떨어져 나와 보면 우리가 몸담고 있던 일상의 소중함이 더 예민하게 느껴진다. 나를 둘러싸고 있었던 익숙하고도 지겨웠던 그 공기의 온도가, 적막한 지금에 비하면 비교도 안 될 만큼 소중하고 따스하다는 것을 깨달은 시간들이었다.

2주의 자가격리를 마치고 방역복을 입은 호텔 직원을 따라 출소하듯 밖으로 나왔다. 에어컨이 빵빵하게 틀어져 있던 호텔 밖으로 나오니 싱가포르의 뜨거운 햇살과 습한 기운이 후끈 올라왔다. 그조차도 반가웠다.

내가 바이러스로 보였는지 택시 기사님이 창문을 앞뒤 모두 열고 달린다는 사실조차 개의치 않고 기사님께 되지도 않는 영어로 수다를 떨었다. 길가의 푸르른 나무들도, 싱글리쉬^{singlish,} 싱가포르식 영어도 아름답게 들렸다.

어쨌든 소원 풀이한 라푼개는 싱가포르에서의 시간이 허락되는 동안 이곳을 더 사랑하고 즐겨야지 다짐하며 무사 귀가했다.

라푼개 탈옥!!

누구나,
급똥

~

나 홀로 시설 격리를 하고 있는 동안, 아이 유치원에서 확진자가 나왔다. 당시엔 한 자릿수로 잘 잡혀가던 싱가포르 확진자 수가 기분 나쁘게 조금씩 늘어가던 때라 예민한 시기였다. 신랑이 두 아이를 돌봐야만 했는데 아이 유치원은 문을 닫게 되었다. 그 당시의 규정으로 아이의 코로나 검사를 하러 가정방문을 하겠다고 MOH ^{Ministry of Health, 보건복지부}에서 통보가 왔다.

싱가포르에 와서 적응하기 힘들었던 것 중 하나가 시간 약속이었다. 핸디맨^{handyman, 집 안팎의 잔손질 보는 일을 하는 사람}과 약속을 잡으면 1시부터 5시 사이, 보통 서너 시간을 방문 시간으로 애매하게 잡는다. 최근에는 자전거를 샀는데 배송 예상 시간이 오전 9시부터 오후 7시라는 소리를 듣고 깜짝 놀랐다. 한 번 약속을 놓치면 또 얼마나 미뤄질지 모르니 그런 날은 하루 종일 집에서 마냥 기다리는 수밖에 없다.

코로나 검사관 아저씨는 구체적인 시간도 없이 내일 방문하겠다고 했단다. 신랑과 아이는 편한 파자마도 못 입고 위아래 티셔츠와 바지를 입고 기다렸다. 나는 아침부터 수시로 전화를 하며 처음 콧구멍을 쑤시는 여섯 살 아이가 놀랄까 봐 "왔다 가셨어?"를 재차 물었고, "아니. 아직 안 왔어"라는 똑같은 대답을 신랑과 계속 주고받았다.

코로나 관련 정부 기관의 핫라인은 통화 폭주로 하루 종일 연락이 안 되는 상황이었고, 큰 아이 등교와 관련해 궁금한 질문 몇 가지도 준비해 놓은 상태라 더 애타게 기다렸다.

저녁을 먹고 나니 공무원도 파할 시간, 일곱 시가 넘었다. '아이고 안 오려나 보다' 했는데 그때 그분이 도착했다고 신랑에게 전화가 왔다.

"오빠 어땠어? 뚜지 수지의 애칭 안 울었어? 질문할 거는? 다 물어봤어?"

따발총처럼 물어보자 신랑은 "잠시만" 하더니 하나씩 대답해 주었다.

"응, 다 받았어. 내일 결과 나온대. 근데 말이야. 날 보자마자 대뜸 하시는 말이…"

'제가 얼마나 힘들고 피곤한지 아십니까?' 신세 한탄을 하더란다. 얘기인즉슨 더운 여름 나라에서 방역복을 머리부터 발끝까지 뒤집어쓰고 어기적 걸어 다니며 이집 저집 자가격리 명령이 떨어진 곳들을 방문하다가 녹초가 되어 마지막에 우리 집에 왔다는 것이다.

"내가 질문하는 거엔 건성으로 대답하고, 자기는 잘 모른다고 핫라인으로 전화하라고 하더라."

"거기 전화 안 받는다고 말하지."

"말했지. 그래도 그냥 전화 다시 해보래."

그리고 계속 아침부터 몇 집을 돌았는지, 다크서클이 발끝까지 내려온 표정으로 생전 처음 보는 신랑을 붙잡고 오늘 너무 힘들었다고 계속 이야기를 했단다.

"뚜지는?"

"뚜지는 꿈쩍도 안 하고 씩씩하게 코 쑤셔도 가만히 있더라."

하루의 피곤함을 잔뜩 묻힌 지친 어른의 얼굴을 마주한 아이가 속 깊게도 아픔을 참았나 보다…라고 말하고 싶지만 이건 부모의 말도 안 되는 콩깍지 발언이고, 아주 작은 개미도 무서워하면서 가끔 엉뚱한 포인트에서 비장한 구석이 있는데, 코 쑤시기가 그중 하나였나 보다.

"그런데 갑자기 부탁이 있다고 하시더라."

"뭔데?"

"화장실 좀 써도 되겠습니까?"

나는 완전히 빵 터졌다.

"그래서 쓰라고 했어?"

"아 그럼 어떡해. 그렇게 힘들다고 다 죽어가는 사람이 화장실 한 번 쓰자는데, 근데 오래 쓰시더라."

"급똥이었구나."

순간 내 머릿속은 재빠르게 '온갖 확진 가능성이 있는 집들을 돌아다닌 분이 우리 집 화장실을 썼다면, 혹시 바이러스를 다 묻혀오지 않았을까?'라는 생각이 휙휙 돌아갔지만 얼마나 급했으면 하는 생각도 들었다.

우리 집으로 이동하는 차 안에서부터 화장실이 급했을지도 모른다. 원래는 집 안에 들어오지도 않고 현관문 밖에서 검사만하고 가야 하는데…. 민망한 그 말을 꺼내기 위해 어쩜 구구절절 본인의 힘든 상황을 어필했는지도. 신랑이 물어보는 질문들이 하나도 귀에 안 들어와 건성으로 대답한 게 당연했겠구나 싶었다.

하긴 우리 부부도 워낙 급똥 체질이라 연애 때부터 알지도 못
하는 건물에 뛰어들어 화장실을 다급하게 물어보고 해결했던
적이 어디 한두 번인가.

심지어 고속도로 톨게이트에서 사색이 되어 신랑이 운전대를
버리고 유리창에 카드 대신 머리를 들이밀어 직원 화장실을 물
은 적도 있었고, 너무 급해 아이 기저귀를 들고 뒷좌석에서 대비
한 적도 있었으니. 돌고 도는 화장실 인심, 베푸는 게 마땅하다.
급똥의 추억은 아마 집집마다 하나씩은 다 있을 것이다. 그 위기
를 어찌 넘겼는지, 못 넘겼는지는 추억이거나 은밀한 비밀로 남
았을지도 모를 일이다. 다만 그런 작은 추억들이 누군가를 이해
할 수 있는 조그만 디딤돌이 되면 좋겠다.

전화를 끊으며 말했다.

"쯧쯧, 얼마나 급했으면. 그 방역복을 힘들게 다 벗고 싸셨을
꼬? 근데 변기에 락스는 콸콸 들이부어. 화장실 손잡이도 한번
닦고. 알았지, 오빠?"

누구에게나
위기의 순간은 찾아온다...

@라나라나

가장 빨리
어른이 되는 법

~~

나의 겉모습은 어른이다 못해 이미 어르신으로 향해 가고 있지만, 아직도 무언가 결정할 일 앞에서는 '어떡하지…' 쩔쩔매는 어린아이 같다고 느낀 적이 많다.

신랑과 나는 둘 다 막내다. 위로 의지할 수 있는 막강한 언니, 누나들이 포진해 있다. 그래서 우리끼리 결정해야 할 순간에도 각자 전화를 걸어 그분들께 대신 결정을 내려달라고 의지할 때가 많다. 하지만 통화를 할 수 없는 문제들도 있었다.

싱가포르에 온 지 2년이 다 되어갈 무렵이었다.

오전에 밖에서 중국어 수업을 듣고 있는데 전화가 왔다. 집에서 둘째를 봐주고 있던 도우미 언니였다.

"수지가 오늘따라 낮잠을 안 자. 자꾸 놀이터 가자는데 어떡할까?"

"그래? 왜 그러지. 자야 하는데…."

다른 때 같았으면 '그냥 더 재워보지 그래' 했을 텐데 수업 중이기도 했고 별일 아니라는 생각에 간단히 대답하고 전화를 끊었다.

"그래, 그럼 놀이터에 데리고 나가. 나도 점심 안 먹고 바로 들어갈게."

서둘러 집으로 돌아와 평상시처럼 주차를 하고 잠시 차 안에서 핸드폰 문자를 체크하고 있었는데 뭔가 '쿵' 하는 소리가 났다. 깜짝 놀라 나가보니 주차장 너머 수풀 쪽으로 유리가 떨어져 와장창 깨져 있었다. '사람들 다니는 길가가 아니라 다행이지만 대체 누가 위에서 유리를 던진 걸까.' 얼른 관리실에 말해야겠다 생각하며 엘리베이터를 타고 올라갔다.

엘리베이터에서 내리면 왼쪽에 두 집, 오른쪽에 두 집이 한 층에 있었는데 오른쪽이 우리 집이었다. 오른쪽으로 몸을 꺾는 순간 우리 집 현관 옆으로 보이는 주방 창문이 다 깨져 있는 것이 보였다. 재난 영화의 한 장면처럼 깨진 창문 사이로 먹구름같이 시커먼 연기가 걷잡을 수 없이 솟구쳐 나오고 있었다.

좀 전에 수풀 사이에서 보았던 유리는 바로 우리 집 주방 창
문 유리였다. 열과 함께 폭발해 후드득 깨져 떨어진 것이었다.

순간 '불났구나! 아이는? 도우미 언니는?' 하며 문 앞에 신발
이 없음을 확인하고 가슴을 쓸어내렸다. 현관문을 열려다가 '아
니지, 신고를 먼저 해야 해'라는 생각이 들어 미친 듯이 뛰어내
려 왔다.

갑자기 머릿속이 하얘지면서 119 번호도 모르겠고 냅다 관리
실로 뛰며 소리 질렀다.

"불났어요! 소방차 불러주세요!"

사이렌이 울리며 도착하기까지 십 분이 지났을까. 나에겐 그
시간이 영원처럼 느껴졌다. 그사이 신랑에게 전화를 걸었고 신
랑은 회사에서 달려왔다. 친구 엄마에게는 큰 아이의 픽업을 부
탁했다. 같은 콘도 주민에게 모두 1층으로 대피하라는 명령이
떨어졌고, 나는 놀이터에 갔던 아이를 찾아왔다.

모두가 믿기지 않는다는 표정으로 검은 연기가 조금씩 사그
라드는 14층 우리 집만을 올려다보고 있었다. 불은 다행히 옆집
으로 번지지 않고 오로지 우리 집만 홀랑 탔다.

생전 처음 화재를 경험해 봐서 정신이 하나도 없었는데, 한
경찰관과 소방관이 들어가서 보겠느냐고 말을 건넸다. 알겠다

고 하자 먼저 심호흡하면서 진정하고 놀라지 말라고 나에게 미리 일러주었다.

문을 열자, 지독한 탄내와 가스 냄새에 머리가 아팠다. 눈앞에 펼쳐진 풍경에 이곳이 정말 아침밥을 먹고 나섰던 우리 집이 맞나 싶었다.

원인은 냉장고였다. 냉장고가 갑자기 폭발하면서 화재가 발생한 것이다. 주방과 거실 사이에 있던 냉장고는 덩그러니 철제 프레임만 남아 있었고 천장부터 바닥까지 올 블랙, 그렇게 모든 것이 까맣게 변할 수 있을까. 온통 그을음과 깨진 유리 투성이였다.

뉴스에서나 나올 법한 그 장면을 직접 눈앞에서 보면서 아이가 그 시간에 낮잠을 잤다면, 천장의 에어컨까지 녹여버린 저 화기에 놀라 아이와 도우미 언니가 도망치지 못했다면, 매캐한 유독가스에 조금이라도 노출되었다면, 내가 뜨겁게 가열되었을 손잡이를 덜컥 잡고 문을 와락 열었다면… 정말 생각할수록 숨이 멎을 것만 같았다.

방까지 불은 번지지 않았지만 놀랍게도 가장 멀리 꺾여 있는 안방 화장실까지 그리고 굳게 닫아놓은 옷장 속 서랍까지 그을음이 가득했다. 아무것도 들고 나올 수 없어 당장 갈아입을 속

옷 하나까지 모든 걸 다 사야 했다.

큰 아이는 항상 하교 후에 가방 정리를 하라고 수도 없이 말해도 절대 하지 않고 전 과목을 다 싸 짊어지고 다녔는데, 그 순간만큼은 그게 얼마나 고마웠는지 모른다. 다행히 아이는 입고 있던 교복을 이웃집 세탁기에 빨아 그대로 입고 다음 날 등교할 수 있었다. 하지만 모든 게 원상 복귀될 때까지는 꽤 오랜 시간이 걸렸다.

소식을 듣고 너무나 많은 분들이 도와주었다. 그 고마움에 감격해 매번 울컥한 것 외엔 난 우리가 잃은 것으로 인해 조금도 슬프거나, 눈물 한 방울도 흘리지 않았다. 주위에서 울음을 참으면 병이 된다고 참지 말라고 했지만, 난 정말 진지하게 하나도 안 슬펐다.

평상시 유리 멘탈이 갑자기 아이언 멘탈로 변신한 것도 아니었고, 알고 보니 내가 엄청 독한 여자였던 것도 아니었다. 그냥 우리는 1도 화상조차 입지 않고 모두 무사했으니까. 아마 누구하나 화상이라도 입었으면 상황은 180도 달라졌을 것이다.

그래도 트라우마는 생겼다. 사이렌 소리가 울리거나 뉴스에서 불이 난 장면이 나오면 심장이 저절로 쿵쿵거린다. 하지만 그 역시도 3년이 지난 지금은 무뎌졌다.

우리 부부는 말이 잘 통하지도 않고 법규도 제대로 알 수 없는 타지에서 모든 걸 알아보고 묻고 해결해야 했다. 억울해도 감수해야 했고 외국인과 세입자라는 약자의 입장에서 좌절하기도 했다. 이건 누나들과 언니들의 도움을 받을 수 없었던 첫 번째 사건이었다.

서로밖에 의지할 수 없었던 우리는 손을 꼭 붙잡고 조용히 막내 티를 벗으며 함께 어른의 세계로 한 발 들여놓았다.

싱가포르에서
아침을

~~~

"지오야 일어나. 벌써 6시 반이야."

"지오야 밥 먹어."

"지오야 영양제."

"지오야 뒷머리 다 떴다. 물 좀 묻혀."

"지오야 로션 듬뿍 발랐어?"

"지오야 마스크, 지갑, 물통 챙겼어?"

"지오야 CCA Co-curricular activities, 수업 외 활동 가방도 챙겨야지."

"지오야 양치질!"

"지오야 신발 끈 풀렸어."

오늘 아침 엘리베이터 앞에 서 있는 아이에게 한 마지막 잔소리까지 세어보니 적어도 열 번은 되는 것 같다. 큰 아이는 중학생이 되었는데도 안경을 두고 가질 않나, 바지 주머니가 뒤집어져 밖으로 개 혓바닥처럼 나와도 모르고 뛰어다녀서 신경이 많이 쓰인다.

초등학교 6학년 때까지도 단추나 후크를 채워 입는 바지를 힘들어해서 고무줄 바지만 입혔다. 집집마다 보통 큰 애들 얘기를 들어보면 야무진 둘째들에 비해 대체로 손이 많이 간다는데 이게 첫째의 기질인지, 아이를 처음 키우며 헤매는 엄마들의 비슷한 육아 방식 때문인지 잘 모르겠다.

싱가포르의 공립학교는 일찍 시작된다. 초등학교 1학년부터 7시 40분까지 등교해야 한다. 사계절 더운 나라라서 더워지기 전에 하루를 일찍 시작하는 걸까 생각했는데 가만 보니 일하는 부모를 위한 배려도 있지 않나 싶다.

싱가포르에는 맞벌이 부부가 대부분이다. 차일드 케어Child Care 라는 어린이집은 오전 7시부터 오후 7시까지 운영되고, 정부가 운영하는 초등학교 방과 후 아이들 돌봄 시설들도 있다. 게다가 입주 도우미들을 저렴한 가격에 구할 수 있으니 정부 차원에서 적극적으로 맞벌이 부부를 위한 사회적 시스템을 구축한 것이다.

또 싱가포르 여성들은 한국에 비하면 요리에서도 굉장히 자유로워 보인다. 해외에 나와 보니 한국 엄마들처럼 장도 많이 보고 김치까지 담가가며 열심히 요리하는 엄마들이 별로 없다. 우리나라의 워킹맘들에 비해 더 편해 보이는 건 내가 잘 몰라서일까.

아침도 출근길에 사 먹는 것이 흔하고, 저녁 퇴근길에도 손엔 포장 음식이 들려 있는 모습이 아주 자연스럽다. 싱가포리언 친구에게 물어보니 포장해서 먹는 날도 많고, 입주 도우미들이 요리를 하거나 할머니 할아버지 집에서 먹는 경우도 많다고 한다. 워낙 작은 도시 국가라서 할머니 할아버지 집이 멀어봤자 삼십 분 거리일 테다.

싱가포르의 주방은 우리나라의 오픈형 주방과는 달리 대부분 거실과 통하지 않고 별도로 마련되어 있다. 거기까진 에어컨이 닿지 않아 정말 요리를 한 번 하고 나면 온몸이 땀에 젖는 건 다반사다. 이 때문에 요리를 너무 열심히 안 하는 건지도 모르겠다.

도시락도 쌀 필요가 없다. 공립학교에는 따로 급식은 없지만 켄틴canteen 이라는 매점이자 교내식당이 있다. 그곳에서 아이들은 저렴한 가격으로 간식거리나 점심을 사 먹는다.

우리의 경우 아이가 아토피도 있고 싱가포르 음식을 별로 좋아하지 않아서 초등학교 4년 내내 도시락을 싸서 보냈다. 그러면 친구들이 우르르 몰려와 신기하게 구경하거나 달라고 하는데 선생님들도 지나가며 늘 유심히 본다고 한다.

그만큼 도시락을 싸오는 애들이 몇 없었고 한국 음식에 관해서도 관심이 많았다. 특히 김밥은 정말 인기가 많아서 항상 넉넉히 싸줘야 했다. 그러니 요리 똥 손 엄마는 도시락을 쌀 때 늘 신경이 쓰였다. 아무도 임명하지 않았는데 혼자 한국 대표라 생각하며 그렇게 새벽마다 하루 에너지를 다 쏟고 뻗은 적도 많다.

그러다 중학생이 된 아이는 아토피도 많이 좋아졌고 아이들과 우르르 몰려다니며 사 먹는데 재미가 들린 덕분에 모닝 스트레스였던 도시락 싸기를 4년 만에 졸업했다.

싱가포리언들이 한국인 가정을 방문하면 놀라는 것이 일단 책이 많다는 것과 냉장고가 기본 두 대가 있다는 점이다 . 특히 김치냉장고를 신기하게 본다. 물론 사람마다 다르겠지만, 요리를 자주 하지 않는 싱가포리언 친구는 휴가 때 아예 냉장고 코드를 빼놓고 간다 하니 그들의 냉장고가 얼마나 헐렁한지 알 수 있는 한 단면이다.

처음 싱가포르에 왔을 때 나도 신기하고 놀랐던 건 그들의 냉장고와 세탁기 사이즈였다. 한국에선 양문형 냉장고가 거의 기본인데 여기는 작은 일반형 냉장고와 7킬로, 9킬로그램 사이즈의 소형 세탁기들이 흔하다.

처음에는 이 작은 세탁기로 어떻게 이불을 빨까 당황했는데 제일 얇고 빨리 마르는 재질의 홑이불과 수건들로 모두 바꾸고 나서 지금은 불편함 없이 잘 쓰고 있다.

김치나 냉동식품들도 짧은 기간 먹을 것을 생각하고 구입하기에 김치냉장고가 없어도 괜찮다. 요리 시간도 최대한 줄이려고 노력한다. 다행히 싱가포르에도 한국 슈퍼가 많이 들어와서 예전보다 반조리된 음식들을 구하기 쉬워졌다.

익숙했던 곳을 벗어나거나 나와 다른 누군가의 삶을 보았을 때 '아 이렇게도 살 수 있구나' 신선한 깨달음이 오는 순간이 있다. 그 순간이 인상 깊었다면 우리는 자연스레 머릿속 어딘가에 새겨두고, 시간이 흘러 그 모습과 닮게 살아가고 있는 스스로를 문득 마주하기도 한다.

아이가 자라고, 또 싱가포르에 살면서 내 삶의 모습도 많이 달라지고 있다. 아마 둘째가 초등학교를 들어가는 1년 뒤엔 또 다른 모습으로 살아가고 있을 것이다.

주위 환경과 여건에 따라 삶의 방식은 달라져도 한 가지 큰 줄기는 변함없이 같다. 점점 단순해진다는 것이다. 나에게 잘 맞는 단순한 살림과 소중한 가족들, 소수의 지인들을 정성스레 챙기며 한정된 에너지를 잘 분배해 쓰려고 노력한다.

부족한 것을 다 조달할 수 없는 해외살이와, 인생의 중요한 것과 중요하지 않은 것들을 조금씩 구분할 수 있게 해주는 나이 듦이 주는 선물이라고 생각한다.

나도 이번 주말 아침은 싱가포리언들처럼 간편하게 카야 토스트*에 코삐Kopi, 연유를 넣은 블랙커피 한 잔으로 시작해 봐야겠다.

---

* 달걀, 코코넛 밀크, 설탕, 판단 잎을 넣어 만든 달콤한 맛의 코코넛 밀크 잼을 발라 만든 토스트

싱가포르 브렉퍼스트를 소개합니다 ～ ○

Kopi
코삐

계란

카야토스트

엄마도
싱가포리언 친구가 생겼어

～～

한국에서 초등학교를 다녔던 큰 아이가 싱가포르 공립학교에 다니려면 외국인을 대상으로 하는 입학시험AEIS 을 봐야 했다. 운 좋게 아이는 시험에 붙었지만 학교는 직접 선택할 수 없고 오직 지역만 선택 가능했다. 정부가 선택 지역의 학교를 랜덤으로 배정해 주었다. 배정받은 공립학교는 서쪽 끝자락에 자리한 자그맣고 소위 공부 좀 시킨다는 엄마들에게는 인기 없는 학교였다.

그런 학교일수록 중국계 싱가포리언 아이들은 많지 않고, 대부분 인도계나 인도네시아, 말레이계 아이들이 많다. 전통 있고 유명한 학교들은 수업이 끝나면 아이들을 픽업하려는 차량들이 입구부터 쭈욱 늘어서서 대기하고 있다. 처음 아이를 데리러 갔

을 때 큰 아이의 학교 앞엔 열 대 정도의 차만 눈에 띄었고 그늘
진 벤치 주위로 학부모들이 삼삼오오 모여 있었다. 주로 저학년
아이들 엄마인 것 같았다.

학교 앞 버스 정류장에서 내리면 비나 햇빛을 가릴 수 있도록
쉘터들이 주욱 연결되어 있었다. 이러한 쉘터는 대부분 싱가포
르 HDB Housing Development Board, 주택개발청라 불리는 아파트들까
지 이어져 있다.

하루 한 차례 열대 지방의 스콜이 쏟아져도 운 좋으면 비 한
방울 안 맞고 집까지 걸어갈 수 있게 해놓은 싱가포르 정부의 배
려 깊은 모습이다. 아이의 학교는 운 좋게도 후문이 아파트 단지
와 연결되어 있어서 비나 햇빛을 피해 등하교를 할 수 있었다.

처음 아이를 데리러 갈 땐 '반 친구도 알아야 하고 학부모도
알아야 하는데' 하고 혼자서 마음이 바빴다. 더구나 아이는 3학
년 5월에 학교를 들어갔는데, 학기가 시작되는 타이밍도 아닌
중간고사 기간이라서 조금 애매했다.

처음 픽업 가던 날 그렇게 꾸민 건 아니었다. 그냥 치마를 입
고 5분도 안 걸리는 기초화장을 한 뒤 양산을 쓰고 아이를 데리
러 갔는데 오마나, 나는 기다리는 엄마들 사이에서 너무 튀었다.

무슬림 엄마들은 히잡을 쓰고 있었고, 나머지 엄마들은 그냥 쪼리에 반바지를 입고 화장기는 정말 '1'도 없는 얼굴들이었다. 그들 사이에 있으니 5분 화장이 풀 메이크업으로 느껴질 정도였다.

혼자 좀 뻘쭘하게 서 있었는데 저 멀리 아이가 웃으며 뛰어나왔다. 벌써 친해진 아이들을 소개해 주었다. 어차피 정류장이 같은 방향이라 다 같이 걸어갔다. 그중 눈에 띄는 아이들이 있었다. 똑같은 빨간 가방을 메고 있는 도토리처럼 야물고 귀엽게 생긴 일란성 쌍둥이 남자아이들이었다. 엄마는 아이들처럼 귀여우면서도 푸근한 인상이었고 적극적으로 나에게 말을 걸고 웃어주었다.

"한국에서 온 거야?"

"응, 오늘이 첫날이야."

"반가워. 난 에이마야. 그리고 미얀마에서 왔어."

"어. 나는 수란. 발음이 어렵지?"

"아 괜찮아. 어렵지 않아. 쑤런 맞지?"

"어. 쑤런 맞아. 쌍둥이들 너무 귀엽다."

"응 난 아들만 셋이야. 위에 형아 하나가 더 있어."

에이마는 나보다 나이도 훨씬 위였지만 우리는 금방 친구가 되었다. 그 뒤로 픽업 타임에는 혼자 있는 날 위해 무리를 벗어나 말을 걸어주었다. 알고 보니 에이마는 인기가 많았다. 경비 아저씨, 선생님, 학부모들 모두와 반갑게 인사를 하고 나를 소개시켜 주기도 했다. 내가 혹시라도 학교의 공지를 빠뜨리고 놓칠까 봐 매번 한국의 카톡 같은 왓츠앱WhatsApp 으로 나를 챙겨주었다.

-쓰란, 영어 못한다고 기죽으면 안 돼.

-알겠어 에이마.

-나도 십 년 전에 남편 따라 처음 왔을 때는 그랬어.
 뉴스랑 신문 많이 봐.

-알겠어 에이마. 그런데 뉴스 어렵던데.

-괜찮아 괜찮아. 점점 들릴 거야. 라디오도 들어.

내가 처음 운전을 하기 시작하면서 몇 번 에이마와 쌍둥이를 집까지 태워주었는데 주차를 잘 못해 쩔쩔맬 때에도 여유롭게 말을 건네주었다.

"쉬런, 주차 못한다고 기죽지 마. 시간 걸려도 괜찮으니까 천천히 당당하게 해."

"알겠어 에이마."

늘 든든한 언니 같던 에이마는 분명 내 이름이 발음하기 쉽다

했지만 때에 따라 나는 쑤퐌이 되었다가 쑤런이 되었다가 쉬런이 되었다. 방학 때 미얀마에 돌아가서도 미얀마의 유명한 곳들을 찍은 사진을 보내준 그녀 덕분에 수도인 양곤의 거리, 남자도 여자도 싸롱이라는 긴 치마를 두르고 있는 모습들, 아름다운 금탑과 사원들을 구경할 수 있었다.

한 번은 겨울 방학에 사진이 왔는데 세 아이들 모두 머리를 삭발하고 있는 모습이었다. 불교 국가인 미얀마의 신뷰Shinpyu라는 성인식 같은 것인데, 신뷰의 뜻은 '승려가 되다'라고 한다.

미얀마 남자들은 일생에 한 번 승려가 되어 단기 출가를 경험해야 진정한 미얀마 사회의 구성원이 된다. 친지들이 다 모이고, 정숙한 분위기에서 머리를 삭발한 세 아이들이 승려복을 입고 동네를 거닐며 축하받는 사진을 보내주었다.

방학이 끝나자 두 아이들은 이젠 알밤같이 토실해진 얼굴과 반지르르한 머리를 한 채 학교로 돌아왔다. 한국 같았으면 삭발한 친구를 놀리거나 이상하게 봤을지도 모르겠다. 하지만 워낙 다민족이 섞여 다문화를 이루고 사는 싱가포르에선 아무도 이상하게 보지 않았다.

어느 날부턴가 에이마가 보이지 않았다. 엄마 대신 중학생 큰형아가 가끔 두 동생의 픽업을 오기도 하더니 그 후엔 쌍둥이들끼리 가는 날도 많아졌다. 궁금해서 왓츠앱으로 연락해 보았다.

　-에이마. 무슨 일 있니?

　-쑤런, 내가 좀 아파.

　-어디가?

　-나 갱년기가 왔나 봐. 몸이 뜨겁고 감정이 오르락내리락해서 화가

　　조절이 안 돼.

　-우리 만날까?

　-나중에.

안타까웠지만 시간이 흐르길 기다렸고 하굣길에 다시 나타난
에이마는 그간 고생한 흔적이 얼굴에 보였다.

"이제 괜찮아?"

"응. 나도 내가 낯설었어. 어느 날은 너무 화가 나서 못 참겠
는 거야. 그래서 병원에 갔고 지금은 호르몬제를 먹고 나서 많
이 좋아졌어."

"아 어떡해, 진짜 고생 많았구나. 좋아져서 다행이다."

그 뒤로 코로나가 터지고, 학교는 락다운lockdown 되어서 작년
부터 우리는 얼굴을 더 자주 볼 수 없게 되었지만 간간이 연락
을 했다.

특히 2021년에는 미얀마에 쿠데타가 일어나서 가족을 두고

온 에이마는 더욱 힘들어했고, 나 역시 신문에 연일 올라오는 미얀마 이야기가 남의 일 같지 않아서 마음이 쓰였다.

우리나라도 그런 시절이 있었다고, 미얀마 사람들은 부드럽지만 강하니 잘 뭉쳐서 이겨낼 거라고 위로를 건넸다. 하지만 그 시절에 얼마나 많은 무고한 시민들이 다치고 회복할 수 없는 몸과 마음의 상처를 입었는지 잘 알기에 이 시기가 빨리 지나가고 성숙한 민주주의가 싹트기를 마음속으로 빌었다.

이제 아이들의 학교가 달라져서 더 자주 볼 수는 없지만 에이마는 여전히 새로운 학교가 낯선 외국인들에게 친절히 손을 내밀며 정착을 도울 것이다. 친절은 전염성이 있다고 한다. 마치 웃음처럼. 내 세포 어딘가에도 그녀의 친절함이 전염되어 앞으로 만나게 될, 싱가포르가 낯선 이들에게 먼저 손을 내밀어 줄 수 있는 날이 오기를 바라본다.

친구,

세상에 몇 안 되는 반짝이는 단어.

PART 2
옆에 있는
이들과 더불어

너 자꾸
내 딸 힘들게 할래

~~

첫아이를 낳았을 때이다. 태명이 '사랑'이었다. 나의 어머니
오 여사님은 진통이 시작되었다는 이야기를 듣고 바로 수원으
로 올라오셨다. 나는 빽빽 소리도 안 지르고 평화롭게 애를 낳
고 싶었지만 상황은 마음과 같이 흘러가지 않았다.

사랑이는 스스로 나오기를 거부했다. 얼굴이 반대 방향으로
향하고 있어서 거의 24시간을 진통하고 자궁문이 다 열린 뒤에
도 제왕절개 수술을 해야 했다. 고로, 자연분만의 통증도 다 느
끼고 결국 수술을 한 셈이다.

산후조리원이 예약되어 있었지만 제 발로 걸어 다닐 상태도
안 되어서 병원에 며칠 더 입원하고 엄마가 그냥 집에서 돌봐주
시기로 했다.

그때부터 엄마는 미역국을 끓이고 집안일을 하며, 24시간을 품에서 재워야 했던 사랑이를 돌봐주었다. 제대로 걷지도 못하고 뒤뚱대는 막내딸까지 챙기느라 이래저래 할 일이 넘쳤다. 아빠도 바로 올라오셔서 아이 보는 일에 합류했지만, 요 작은 인간 하나 돌보는 데 드는 에너지는 상상 외로 어마어마했다.

유난히 잠을 안 잤던 사랑이는 온 가족을 지치게 만들었다가도 웃게 했다. 대전에 계시던 외할머니도 수원까지 애를 보러 오셨는데 우리가 더 있다 가시라고 말하자, 흔쾌히 더 머물겠다고 했다. 할머니의 사랑하는 큰딸 우리 오 여사님 옆이 좋으시니까.

외할머니는 증손주를 보면서 너무나 흐뭇해하셨다. 아직도 할머니의 미소가 생각난다. 항상 사랑이를 안으며 "아고, 보름달처럼 둥그러니 이쁘다" 하고 말씀하셨다.

엄마 아빠는 아이를 안아주다가 신랑이 와서 저녁을 먹고 나면 아이를 우리에게 넘겨주었는데, 그때부터 새벽녘까지는 늘 공포스러웠다. 정말 아이는 등에 센서 백만 개, 내려놓으면 깨고 또 깨고 해서 거의 신랑과 번갈아 가며 안아주느라 날을 새야 했다.

하루 종일 집안일하느라 피곤했던 엄마는 곤히 주무시고 새벽 여섯 시 무렵이면 아빠는 밤새 잠 못 잤을 딸이 안쓰러워 늘 문 앞에서 대기하고 있다가 "사랑아~." 하고 불러주었다. 그럼 아이를 안고 앉아서 졸고 있던 나는 아빠에게 얼른 넘기고 다시 기절하곤 했다.

그날도 그렇게 기절하고 아침에 부스스 일어났는데 거실에서 엄마의 나지막한 소리가 들렸다.

"사랑이 요 녀석, 너 자꾸 우리 딸 힘들게 할래?"

엄마가 계속 찡찡대는 아이를 어르면서 중얼거렸다.

"밤에는 잠을 자야지. 통잠을 자야지. 우리 딸 힘들어~. 밤에 잠도 못 자고. 느그 엄마 아프면 우째. 내 딸 아프면 우째."

사랑이는 반성하는 기력이 전혀 없었지만, 할머니의 사랑과 걱정 섞인 목소리 때문인지 할머니의 눈을 피해 먼 산을 바라보고 있었다.

그리고 며칠 뒤, 한 달째 힘든 산후조리에 대가족이 되어버린 집안 식구들 밥을 하느라 지친 엄마가 소파에서 깜빡 졸고 있었다. 방에 계시던 외할머니가 거실로 나와서 바닥에 아기 요를 깔고 그 위에 아이를 눕힌 채 요를 위아래로 밀어주고 있었다.

할머니도 돕고 싶은데 아기를 안기에는 체력이 안 되니 어렸을 적 다섯 아이를 키울 때 요령으로 어떻게든 돌봐주려 애쓰셨다. 그래도 자꾸 사랑이가 찡찡대자, 졸던 엄마가 잠에서 깰락 말락 했다. 할머니는 엄마가 깰까 봐 눈치를 보며 사랑이에게 속삭였다.

"사랑이. 너 자꾸 우리 딸 힘들게 할래? 우리 딸 힘들어. 밥도 허구 애도 보구 몸 다 망가져. 어여 자장 자장 자장혀~."

사랑이는 증조할머니의 눈에서 뿜어 나오는 따가운 레이저와 나지막한 협박에 잠시 움찔했을까. 자꾸 돌아가며 자기 딸들을 걱정하는 할머니들 목소리를 들으며 '아이고 세상에 태어나 보니 다들 자식새끼 사랑이 끔찍하시구만유' 하며 피식 웃지 않았을까.

나는 속으로 웃음이 났다. 아무리 내리사랑이라지만, 다들 자기 자식이 제일 걱정되고 소중하구나. 나는 얼른 두 할머니 사이에서 눈칫밥 먹는 듯한 내 새끼를 데려다가 품에 안으며 귀에다 속삭였다.

"사랑이. 네가 아무리 잠을 안 자고 엄마를 괴롭혀도, 엄마는 널 사랑해."

물론 여러 사람이 돌아가며 봐주던 아름다운 시절이라 저렇게 예쁘고 고운 말이 나왔다. 다들 내려가고 불과 며칠 뒤에는

"사랑이! 너 왜 이렇게 잠을 안 자? 나 괴롭히려고 태어났어? 너 자꾸 엄마 힘들게 할 거야?" 화를 내며 모성은 오간 데 없이 자기애 넘치는 엄마로 180도 변신했지만 말이다.

평범한
결혼 생활

≈

신랑이 샤워를 하고 나왔는데 태아를 품은 듯 윗배가 엄청 불러 있었다. 몇 달 사이 둘이 밤마다 아이스크림을 퍼묵 퍼묵한 결과다.

"오빠, 오빠의 몸매를 사자성어로?"

"훌륭하다."

"땡! 엉망진창."

"수란아. 그런 너의 몸매는 사자성어로?"

"아름답다."

"땡! 사면초가."

엉망진창과 사면초가 둘이 앉아서 슬픈 현실을 개그로 승화시킨 후 기분 좋게 또 "먹을래?" 하며 아이스크림을 꺼내온다.

싱가포르 한국 마트에서 어릴 때 먹었던 팥 맛 나는 아이스크림을 본 그날이 시작이었다. 운동하고 오는 길에 들렀다가 추억의 아이스크림을 발견하고는 너무 흥분하여 내친김에 얼음이 통째로 씹히는 아이스바와 '엄마 아빠와 함께' 먹는다는 '함께' 아이스크림까지 두 손 가득 사 왔다.

둘이 하나씩 까먹으며 몇 년째 수도 없이 주고받은 똑같은 질문을 던진다.

"오빠. 결혼을 뭐라고 정의할래?"

신랑은 조금도 주저하지 않고 말했다.

"결혼은 희생이지. 그런데 그 대가가 너무 달콤해. 바라만 보고 있어도 기분이 너무 좋고, 성장해 가는 모습 보는 것도 너무 흐뭇하고."

"음. 다 애들 얘기구나. 오빠가 나를 바라보며 기분 좋아한 적을 본 적이 없는데. 나는 성장도 멈췄고."

"아… 너 봐도 기분 좋지. 네가 글 쓰는 것도 성장하는 뭐… 일종이고."

하지만 이미 늦었다. 눈동자를 마구 굴리는 것이 지어낼 말을 찾느라 뇌세포들이 난리블루스 중이라는 걸 알아차렸다.

나에게 결혼 생활이란 무엇일까. 임경선 작가의 20년 차 결혼 생활에 관한《평범한 결혼 생활》책에는 초반 연애 때의 뜨거움, 결혼식 청첩장에 적은 낯간지러운 글 '백 번을 다시 태어난다 해도 나는 당신의 아내가 될 것입니다^{작가님은 이 부분을 다시 읽으면서} '내가 쳐 돌았나…'라고 고백했다.' 아플 때 옆에서 간호해 주는 유일한 남자이자, 어느덧 중년의 아저씨가 된 신랑의 모습 등 새록새록 나의 결혼 생활들을 떠올리게 하는 이야기들이 가득하다.

나도 뜨겁게 사랑해서 결혼했다가, 달뜬 신혼이 지나면서 나와는 이렇게도 다른 사람하고 결혼했구나 깜짝 놀랐다가, 콩깍지가 벗겨진 어느 날부터 서로의 단점들을 못 견뎌서 치열하게 싸우기도 했다.

아이를 키우며 동지애로 얼싸안고 웃고 울다가, 각 집안에서 터지는 일들 때문에 마음 상해서 싸우다가, 그래도 또 의리는 저버리지 말자 서로 뒤처리해 주고 위로해 주며 15년이 다 돼가는 지금, 부모 형제보다 더 가까운 사이로 같이 살아가고 있다.

센스가 부족한 남편의 선물이 못 미더워 언젠가부터 기념일엔 현금을 받기 시작했다는 임경선 작가님. 효용이나 가정 경제의 측면에서는 훨씬 나아졌지만 그만큼 남편이 내가 뭘 좋아할지 고민하는 시간이 줄었고, 이는 나에 대한 관심을 덜하게 만든 것이라는 말도 참 공감되었다.

집안일도 시간이 지날수록 아내 혼자 하던 일들이 남편과 나누는 부분이 커지고, 남편들도 아내가 차려주는 밥상이 아니더라도 스스로 끼니를 해결하는 날들이 조금씩 늘어간다는 부분을 읽으며 중년의 모습은 다 고만고만 비슷한가 보다 싶었다.

외국에서 아이를 키우는 엄마로서, 미래의 며느리가 한국인이 아닐 수도 있다는 생각을 늘 가지고 있다. 게다가 싱가포르는 여자들이 요리를 많이 안 하는 문화라서 아마 아들은 아내가 차려주는 한식 집밥을 기대하긴 힘들 것이다.

남자들도 부인에게 기대지 않고 기본적인 요리와 본인이 먹고 싶은 음식 정도는 스스로 뚝딱하기를 바라는 마음에서 십 대 아들에게도 꾸준히 요리를 가르치고 있다. 옆에 짝꿍이 생겨도 자기 몸을 돌보고 자기 마음을 챙기는 것은 결국 자신이어야 한다는 걸 십오 년 결혼 생활을 통해 수도 없이 느꼈기 때문이다.

결혼 초에는 부부가 서로의 모든 부분이 딱 달라붙어 한 몸인 듯 살다가 시간이 지날수록 서서히 거리 조절을 하며 결국 함께의 삶과 각자의 삶을 동시에 굴리며 살아가게 되니 말이다.

한편 작가님은 타고난 성격상 심리적으로나 경제적으로 누군가에게 의지하지 않고 싶다고 썼지만, 이렇게 덧붙였다.

누군가에게 의지할 줄 모르는 사람은 알고 보면 무척 쓸쓸한 인간이라는 것을 살면서 불현듯 깨닫는다. 뿐만 아니라 자기와 가까운 사람도 쓸쓸하게 만들어 버린다. 아내와 남편으로서의 역할극은 집어치우더라도, 가장 가깝다고 여기는 내 곁에 남아 있는 사람에게 몸과 마음을 의지할 수 있는 일, 거기에는 번잡함을 동반한 애틋함이 존재한다는 것을 알았다.

-임경선,《평범한 결혼 생활》

서로의 부족한 부분을 툴툴대며 챙겨주는 번잡함 속에 애틋함보다 늘 짜증을 먼저 느끼지만, 한 명이 아프면 그마저도 그리워진다는 사실을 신랑이 다쳤을 때 느꼈다. 챙김을 받는 쪽도, 챙겨주는 쪽도 그 대상이 존재할 때에만 가능하니까.

결혼을 하는 순간, 기쁨과 슬픔의 무게가 각각 두 배씩 커진다는 것도, 아이들까지 생각하면 더 몇 배씩 커진다는 것도 매일 온몸으로 느끼며 살아간다.

결혼에 뛰어든 우리 모든 동지들과 함께, 그래도 인생의 몇 안 되는 귀한 찰나를 경험해 봤다고 위로하며 평범한 듯 평범하지 않은 우리 모두의 결혼 생활을 응원한다.

일단, 뛰고 보자!

@라나라나

창문 넘어
도망친 78세 노인

~~

"수란아. 아빠 내일 제주도 간다."

아니 이게 무슨 말이람. 아빠는 서울에서 큰 수술을 마친 뒤 경기도의 요양병원에서 한 달 좀 넘게 지내고 있었다. 엄마도 보호자로 같이 계셨는데 일정대로라면 다음 검사일인 한 달 뒤까지 더 있어야 했다.

"아니, 아빠 왜?"

"아이고 답답해서 몬 있거따."

"그럼 비행기 표랑 다 알아봐야지."

"이미 다 끊었제!"

"어떻게?"

껄껄껄 수화기 너머로 78세 노인의 의미심장한 웃음소리가 들려온다.

이야기인즉슨 요양병원의 모든 프로그램에 적응한 사교성 갑인 엄마와는 다르게 혼자 있는 시간을 즐기는 아빠는 몸이 쑤셨나 보다. 한 달 동안이야 통증도 심하고 혹시 모를 사태에 대비하기 위해 옆에 의사가 있으니 어쩔 수 없이 있었는데, 이제 몸도 많이 회복되니 맘 편한 집으로 돌아가고 싶은 거다.

하지만 엄마는 아빠와는 반대였다. 아침 요가와 스트레칭부터 건강 강의, 하루 세 끼 건강한 식사, 또 옆방 사람들과의 깨가 쏟아지는 수다를 포기하려니 너무 아쉬워하셨다.

"딱 한 달만 더 있으면 좋겠구먼. 느그 아빠는 빨리 가자고 난리다 난리."

그렇지. 집에 돌아가는 순간 엄마는 온갖 밀린 집안일부터 건강을 회복해야 하는 아빠를 위해 예전보다 더 신경 써서 삼시 세끼 건강식을 차려내야 하니 머리가 아플 것이다.

"아니 근데 어떻게 비행기표를 끊었대? 전화로?"

"아 내가 해부렀제! 인터넷으로!"

딸 셋이 모두 해외에 있는 터라 제주에서 '육지'로 나올 일이 있을 때마다 ^{제주에서는 비행기 타고 나올 때 '육지에 간다'는 재밌는 표현을 쓴다}

전화로 부탁하기도 미안했는데 요양원의 어느 분이 여행사 사이트로 들어가면 된다고 말해주었다는 것이다.

아마 그분도 나이가 많은 분이 아니었을까 싶다. 아빠는 ○○ 투어라는 말 하나만 기억하고 요양병원 방 한구석에서 몇 시간에 걸쳐 인터넷으로 온갖 검색과 수십 번의 시도를 한 끝에 성공하신 거다.

문득 내용은 다르지만, 책《창문 넘어 도망친 100세 노인》의 한 장면이 떠올랐다.

다시 말해 노인의 머릿속에 그 생각이 떠오르자마자 그는 벌써 말름셰핑 마을에 위치한 양로원 1층의 자기 방 창문을 열고 아래 화단으로 뛰어내리고 있었다. 이 곡예에 가까운 동작으로 그는 약간의 충격을 받았다. 사실 조금도 놀라운 일이 아니었으니, 이날 알란은 백 살이 되었기 때문이다.

-요나스 요나손,《창문 넘어 도망친 100세 노인》

"결제할 때 본인 인증 어쩌고⋯ 웜마 뭐가 그리 복잡하다냐. 19,800원에 딱 끊었는디, 너마 재밌어서 그다음 날 또 들어갔더니 5만 얼마가 돼부렀시야. 껄껄껄."

아빠의 목소리에는 내가 싸게 산 물건이 세일이 끝나 정가로 돌아갔을 때의 황홀감과 행복감이 잔뜩 묻어 나왔다.

"버스나 전철을 타고 공항 가시기엔 아직 무리일 텐데."

"그라제, 콜택시도 예약했제~."

할 일을 다 해놓고 두 다리 뻗은 듯한 목소리였다. 그렇게 아빠는 툴툴거리는 오 여사님과 콜택시와 비행기를 타고 하늘을 날아 두 달 만에 제주 집으로 돌아갔다.

저녁에 영상 통화를 하는데 환자복을 입지 않은 아빠의 모습이 낯설면서도 좋았다. 살은 예전보다 많이 빠졌지만, 소파와 한 몸이 되어서 모로 누운 채로 행복하게 손주들과 통화하는 모습을 보니 다시 예전으로 돌아온 것 같아 마음이 놓였다.

"아빠 집에 오니까 좋아? 뭐했어?"

"화분 물부터 줬제~."

"엄마는?"

"밭에 갔제~."

엄마는 그렇게 집에 가기 싫다 하더니 집에 도착하자마자 아빠와 함께 무거운 화분들을 날라서 물을 주고, 냉장고를 살피고, 잠시 집에 들렀던 세 딸들에게 그렇게 뜯어 먹으라 해도 한 장도 안 뜯어 먹은 상추와 오이, 쌈 채소가 무성하게 뒤덮였을 텃밭으로 뛰어간 것이다.

나 역시 호텔에서 자가격리하는 동안 손가락 하나 까딱 안 해
도 지낼 수 있어 몸은 편해도 마음은 어딘가 불편했던 기간을
겪어봤기에 왜 더 계시지 그랬느냐고 말하지 않았다.

78세 노인이 건강했을 때도 시도하기 어려웠던 온라인 결제
를 방구석에서 몇 시간 동안 연구하게 만든 힘은 무엇이었을까.

숨만 쉬고 있어도 공기가 다르고 마음이 편안한, 내 몸을 부
지런히 움직여 돌보고 애정을 쏟은 내 공간에 대한 강한 그리움
이 아니었을까 생각해 본다. 여행이 끝나고 돌아온 모든 이들의
입에서 '그래, 내 집이 제일 편하고 좋다'라는 말이 나오듯이.

현관 앞에 가지런히 놓인 밭에 갈 때 신는 흙이 묻은 장화,
드러누워 텔레비전을 보기 딱 좋은 낡은 밤색 가죽소파, 그 뒤
에 걸려 있는 대나무로 만든 등 긁개, 오래전 오 여사님이 구슬
을 꿰서 만든 촌스럽지만 요즘 빈티지 감성엔 힙해보이는 티슈
케이스, 베란다에 널려 있는 마른 나물들과 소쿠리들. 그 모든
익숙한 것들이 잘 다녀왔냐며 부모님을 반갑게 맞아주었을 것
이다.

글을 쓰다 말고 주위를 둘러보니 우리 가족이 사랑하는 물건
들과 어느 것 하나 손길이 닿지 않은 곳이 없는 이 공간에 애정

이 샘솟는다.

돌아가야 할 곳이 있다는 것, 일상이라는 단어를 영위할 수 있는 공간이 있다는 것은 떠나봐야 그 진정한 가치를 더 잘 알 수 있다. 집에서 보내는 시간이 길어진 요즘, 집과 너무 붙어있어 자꾸 그 소중함을 잊고 산다. 지난 2년간 우리 가족의 일상을 보듬어 준 이 공간과 더욱 찐하게 사랑하며 살아야겠다.

돌아가야 할 곳이 있다 ᥟ

호리병벌아
미안해

~~

　창문을 열고 여유로운 휴일 대청소를 하고 있었다. 안방은 암막 커튼과 하얀 속 커튼이 같이 달려 있다. 싱가포르의 햇볕은 너무 강렬해서 환기시킬 때 빼고는 속 커튼만이라도 꼭 쳐 놓는다.

　오랜만에 창틀을 닦으려고 속 커튼까지 활짝 열었는데 커다란 벌 한 마리가 바깥쪽 창턱에서 윙윙대고 있었다. 간밤에 잠시 환기를 시키다가 큰 벌 한 마리가 안방으로 들어와 내쫓느라 고생했는데 이런, 또 만나다니.

　가만 보니 이건 그냥 일벌과는 달리 허리는 끊어질 듯 잘록하고 멀리서도 비행하는 게 잘 보일 정도로 아주 컸다.

　'여왕벌인가?' 윙윙대는 쪽 창턱을 보니 황토색 단단해 보이는 흙더미가 있었다.

"지오야. 이리 와봐. 이게 뭐야? 이거 혹시 집 지은 건가?"

"엄마. 맞아요. 이거 집이에요. 저 이거 책에서 본 적 있어요. 이 벌 이름이 있는데. 아 뭐더라."

거의 엄지손가락만 한 벌은 황토 집을 입과 앞발을 이용해 계속 두드리고 있었다.

"오마나 어떡해. 이거 점점 더 크게 집을 짓고 있나 봐."

"이거 전문가나 경비아저씨 불러야 해요. 원래 벌집 없앨 때 그런 사람 불러요. 엄마 얼른요."

황토 집은 아직 크지 않았고 아기 주먹만 한 정도였다. 그런데 벌이 자꾸만 몇 분 간격으로 다시 날아와 앞발에 동그란 공처럼 젖어 있는 황토를 구해와서 쌓고 다지기를 반복하고 있었다. 창턱에 바로 붙어 있던 터라 우리 온 가족은 벌과 창문 하나를 사이에 두고 달라붙어 서로를 구경했다.

"어머어머 점점 커진다. 어째."

"벌써 다섯 번째 왔다 갔어요."

수지는 겁도 없이 유리창을 노크하듯 두드렸다.

"저리 가~ 에베베베베~."

벌은 수지의 노크 공격에 잠시 주춤하더니 제 할 일을 계속했다. 공격해도 별 반응이 없자, 수지는 벌을 따라 벌 춤을 추기 시작했고, 지오는 구글링하며 마음이 급해졌다.

"엄마 식초랑 물을 섞어 뿌리래요. 그러면 못 온대요."

나는 인터넷 초록창을 뒤졌다.

"찾았다. 호리병벌이다. 와 진짜 황토로 집 짓는 거 맞네. 황토 좋은 건 우찌 알고."

인터넷의 사진을 보니 호리병벌이 도자기를 빚어놓은 듯 예쁘게 지어놓은 집들이 눈길을 끌었다. 이대로 놔두면 아이들이 좋은 걸 관찰할 기회도 되겠다 싶었지만, 방충망이 없는 싱가포르 창문이라 벌들이 수시로 안방을 드나들게 생겨서 안 될 것 같았다.

"이 나라는 왜 방충망이 없는겨."

처음 싱가포르에 왔을 때 제일 당황했던 것 중 하나였다. 드르륵 미는 창문 같으면 방충망을 구해 붙이면 될 텐데 창문들은 대부분 밀고 당기는 구조로 되어 있어 따로 설치할 수도 없다.

짧은 가족회의가 열렸다.

지오: 엄마. 이거 전문가 불러야 된대요. 불러요.

엄마: 지오야. 이 나라에서 그런 사람 한 번 오가는데 얼만 줄

알아? 엄청 비싸.

아빠: 저거 내가 그냥 밀대 뒷부분으로 제거하면 될 텐데.

수지: 비비비 비비 비비~~~ 벌의 언어 구사 중

인터넷에서 찾아본 결과 집을 다 지으면 그 안에 먹이를 넣고 알을 낳는다 한다. 그 뒤에 입구를 막으면 그 안에서 부화한 애벌레가 먹이를 먹고 나와 성충이 되는 것이다. 너무 열심히 일하는 게 미안해서 안 되겠다. 애벌레 낳기 전에 어서 다른 데다 짓게 해주자고 말하며 아빠가 대표로 집을 무너뜨리기로 했다.

창문을 열어야 하니 위험해서 우리는 모두 거실로 대피했고 아빠 혼자 장갑을 끼고 밀대를 들었다. 나름 계획적으로 벌이 황토를 구하러 떠나자마자 돌아오기 전 타이밍을 맞추어 철거를 실시했다.

몇 분 후,

"우아… 아…."

신랑의 짧은 비명과 함께 들어와도 된다는 소리에 문을 여니 창턱은 부서진 흙가루로 범벅이었다.

"애벌레가 이미 있었어."

"어머, 어쨌어?"

"다 흙이랑 같이 바닥으로 떨어졌지."

우리 집은 5층이었고, 내려다본 1층 바닥은 나무가 심겨진 정원이었다. 그리고 엄마 벌이 돌아왔다. 두 손에 황토로 만든 작은 공을 들고. 갑자기 당황한 벌은 어디로 가야 할지 공중에서 헤매기 시작했다.

"아 불쌍해. 어떡해요."

감성 충만한 아들의 눈에 눈물이 고였다.

"지오야. 네가 경비 부르라며. 우리 어차피 같이는 못 살아."

"아 그런데 너무 불쌍하잖아요."

"그렇지. 엄마가 장 보러 갔는데 집에 와보니 수지랑 지오랑 다 없어지고 집이 통째로 사라진 거지."

내가 괜히 너무 리얼한 비유를 해줬나, 아이는 뚝뚝 눈물까지 흘렸다.

"애벌레 죽었을까?"

"땅이 폭신해서 괜찮을 거 같은데. 살았나 확인해 보자."

우리는 서둘러 1층 정원으로 내려갔다. 초록색 풀들에 뒤덮여 애벌레는 찾기 어려웠다.

"저기 있다!"

한 마리의 초록색 애벌레가 꿈틀거리는 게 보였다. 잠시 어찌 해야 하나 고민이 되었지만 살아 있어준 게 고마울 뿐 딱히 해줄 수 있는 일이 없었다. 다시 창틀에 내려놓기엔 뙤약볕에 말라죽을 것 같아 그늘진 이곳이 더 안전해 보였다. 그저 개미들의 밥이 되지 않게 살살 들어 나뭇잎 위로 옮겨주었다. 엄마 벌눈에 띄길 바라며.

이 사건으로 우리 가족은 마음이 무거워졌다. 이러지도 저러지도 못하는 마음. 그리고 죄책감. 겁이 많은 지오는 가엾다면서도 집에 오자마자 물과 식초를 섞은 스프레이를 만들었고, 아빠는 팔을 길게 뻗어 그쪽에 다시 집을 못 짓도록 흠뻑 뿌려주었다.

"엄마. 이런 곤충들이랑 친구처럼 지내는 유튜버가 있어요."

아이가 보여준 '제발 돼라^{PleaseBee}'라는 유튜버가 호박벌과 말벌, 사마귀도 키우며 친구처럼 지내는 영상을 한참 같이 보았다. 정말 신기했다. 저분이었다면 애벌레를 데리고 와서 성충이 될 때까지 키워주었을 거란 생각이 들었다.

아이들과 나는 우리가 못해준 일을 해주는 '제발 돼라'님에게 고마움을 느끼며 영상을 보고 웃다가 감동받았다가 하며 무거운 마음을 조금씩 내려놓을 수 있었다.

같이 살 수 있다면 좋을 텐데..

참을 수 없는
사랑

~~~

여섯 살 수지와 병원놀이를 했다. 집에 있는 모든 인형들이
환자로 출동돼서 나란히 낮은 장식장 위에 눕혀졌다. 나는 가장
덩치 큰 환자 겸 환자들의 대표이므로 인형들 옆에 걸쳐 앉아야
했다.

수지가 진찰 가방을 열었다. 그 안엔 청진기와 주사기, 약병,
그리고 가위가 들어 있다. 이 작고 귀여운 어린 의사 선생님이
가장 즐겨 쓰는 도구는 무시무시하게도 가위다.

첫 번째 환자 키티가 진찰을 받는다. 엄마는 키티 뒤에 숨어
복화술을 부리며 말한다.

"선생님, 선생님. 배가 아파요."

"오케이."

수지는 의미심장한 미소를 지으며 청진기로 한두 번 배를 두들겨 보더니 가위를 꺼내든다. 바로 가위로 배를 가르는 흉내를 낸 뒤에 뱃속 세균들을 싹둑싹둑 가위질한 다음 환자를 뒤집어 탈탈 털어 세균들을 쓰레기통에 버리는 시늉을 한다. 그리고 가른 배를 풀로 붙여주는 엽기 장면을 연출하신다. 정말 섬뜩하다.

두 번째 환자는 강아지다.

"선생님, 선생님. 저는 꼬리가 아파요."

의사 선생님의 입가에 또 한 번 '이쯤이야 식은 죽 먹기지' 하는 미소가 스친다. 주저 없이 가위로 꼬리를 자르는 시늉을 하고 공중에서 새로운 꼬리를 획득, 풀로 척 붙여주신다. 주저함을 모르는 선생님이다.

세 번째 환자는 수지가 가장 사랑하는 인형인 보라색 공룡 '바니'이다. 잘 때도 매일 끌어안고 자고, 집 안에서 마주칠 때마다 안아주고 뽀뽀세례를 퍼붓는 수지의 분신 같은 존재다.

학교 놀이할 때는 제일 앞자리에 앉는 모범생이고, 수지가 메이크업할 때도 얼굴을 내어주는 고마운 친구이다.

"선생님 저는 눈이 아파요."

공포의 의사 선생님이 다가온다. 그러더니 그간 보여주었던 서슬 퍼런 카리스마는 온데간데없이 참을 수 없는 애정 어린 얼굴을 하고 눈에서 꿀이 뚝뚝 떨어지기 시작했다.

이런저런 도구도 필요 없이 갑자기 환자를 와락 덥석 끌어안고 눈에다 마구 뽀뽀를 해준다.

"선생님 여기서 이러시면 안 돼요."

그제야 정신이 든 의사 선생님은 애정행각을 멈추고 다시 가위를 꺼내든다. 그리고 새로운 눈알을 허공에서 구해다가 정성 들여 박아주었다.

수지가 바니를 쳐다볼 때의 눈빛을 보며 '와. 저건 내가 뚜지를 바라볼 때의 눈빛인데, 어쩜' 하는 생각이 들었다. 작은 아이의 마음속에도 저렇게 참을 수 없이 솟아나는 사랑이 존재하는구나.

신랑이 먼저 싱가포르에서 일하게 되면서 3년간 떨어져 지낸 적이 있다. 한국 출장이 거의 1년의 절반이라서 출장 나올 때마다 주말엔 집으로 내려왔기 때문에 적어도 한 달에 두 번은 볼 수 있었다.

큰 아이가 일곱 살, 외동으로 곱게 크고 있을 때였다. 여름휴가를 갔는데 내내 속이 안 좋아서 이젠 커피랑 밀가루 좀 줄여야겠다 생각하는데 점점 증상이 심해졌다. 어쩔 수 없이 이 약저 약 많이도 집어먹었다. 그러다 뒤늦게 임신 6주가 넘은 걸 알았고, 신랑에게 전화를 했다. 예기치 않은 임신에 기분이 좋기도 하고 걱정되기도 했다.

"오빠 나 임신했어."

"이상하다. 나 너랑 잔 적이 없는데."

'이 남자 보소. 이 반응은 뭐지?'

"아 그럼 누구 애야."

워낙 생리주기가 일정한 편이라 나의 가임기와 전혀 상관없을 때 신랑이 출장나온 적이 있는데 그 낮은 확률에서 아기가 생긴 것이다. 약을 너무 많이 먹었고 나이도 있으니 산부인과 선생님과 상담을 했다. 선생님이 진지하게 말씀하셨다.

"약도 너무 많이 드셨고, 나이도 있으시고…. 계획한 것도 아니라고 하는데 확률이 반반, 만약 제 여동생이라면 저는 낳지 말라고 하겠습니다."

그 순간, 아직 잘 느껴지지도 않는 이 뱃속 존재에 대해 참을 수 없는 사랑이 솟아나며 나는 왈칵 눈물이 쏟아졌다.

"선생님. 그래도 우리 아기 괜찮지 않을까요? 엉엉. 꼭 낳고 싶어요."

나도 나의 생각지 못한 반응에 놀랐다. 내가 그렇게 울 줄은 몰랐고 그렇게 애정이 폭발할지도 몰랐다. 별 탈 없이 수지는 신랑의 몸매와 내 얼굴을 달고 잘 태어나 주었고, 이렇게 엽기 의사놀이를 하며 잘 지내고 있다.

집 안에서 각자 흩어져 있다가 오갈 때 아이와 마주치면, 번쩍 끌어안고 뽀뽀세례를 마구 퍼붓는다. 그 보드라운 팔과 다리 얼굴을 만지기만 해도 힐링 그 자체다. 사랑이 마구 샘솟는다.

신이 우리들 마음속에 넣어준 그 참을 수 없는 사랑, 샘솟는 무한 애정은 처음부터 내 안에 존재했나 보다. '난 이제 애정이 메말랐어', '뭐든 시들시들해', '사랑이 대체 뭐냐'라고 말하던 때도 있었다. 하지만 삶을 가만히 들여다보면 시키지 않아도 샘솟는 그 사랑은 언제든 존재했다.

특히 첫 연애할 때와, 아이를 낳았을 때 이런 사랑을 제일 빈도수 높게 느끼는 것 같다. 남녀가 첫 데이트를 하며 설렐 때, 처음 손을 스치며 맞잡았을 때, 짧은 메시지 하나와 작은 손짓 하나에도 가슴이 콩콩거리며 마음이 벅차오르던 순간들.

갓난아기가 엄마인 걸 알아보고 눈을 마주치며 싱긋 웃어주던 순간들, 멀리서 손을 쭈욱 벌리면 아장아장 걸어와 내 품에 안기는 순간들, '엄마 사랑해요' 삐뚤빼뚤 쓴 글씨의 카드를 내밀던 순간들.

그 사랑들이, 또 그 추억들이 우리의 팍팍한 인생에 한 번씩 조미료처럼 단맛을 느끼게 해준다는 생각이 든다. 조미료도 매일 먹으면 느끼하니까 그런 순간이 가끔씩만 찾아와도 괜찮다. 우리는 매일 황홀하지 않아도 그렇게 다들 잘 살아가고 있다. 요즈음 먹을 것 앞에서 자꾸 그 참을 수 없는 사랑이 샘솟는 게 문제일 뿐.

여보 미안...
이 키스가 더 설렌다...

엄마, 나
길거리 캐스팅되면 어쩌죠

〜〜

"엄마, 나 길거리 캐스팅되면 어쩌죠."

초등학교 6학년이던 아들의 진지한 목소리에 순간 너무 웃겨서 그만 운전대를 놓칠 뻔했다. 요즘 아이랑 같이 드라마를 보는데 잘생긴 남자 주인공을 보며 내가 한 말을 기억하고 있는 것 같았다.

"저런 애는 그냥 지나가다가도 길거리 캐스팅되겠다."

아들은 아직 또래보다 키도 작고, 엄마의 눈으로 봐도 몸매가 츄파츕스 비율인데 저 자신감은 대체 어디서 오는 걸까. 거울 속 내 모습이 여전히 멋져 보이는 아름다운 나이구나.

하긴 나도 저 나이때는 내 머리숱이 남들보다 세 배는 많다는 걸 전혀 몰랐다. 엄마가 꽁꽁 묶어 땋아준 머리가 웬만한 줄

다리기 밧줄 저리 가라였다는 것도, 맞는 특대형 머리핀을 찾기 위해 엄마가 발품을 많이 팔았다는 것도 한참 지나서야 알았다. 길고 두꺼운 돼지털 내 머리를 보며 삼단같이 고운 라푼젤 같다는 생각을 했던 기억이 어렴풋이 난다.

거울 속 나를 온전히 사랑할 수 있었던 신비로운 그 나이. 사춘기에 접어들며 외모에 불만이 쌓이고, 특히 모자를 써야만 가라앉는 붕붕 뜨는 머리털에 툴툴대기 시작하던 어느 날, 엄마는 조용히 내 손을 이끌고 몸이 불편한 이들에게 자원봉사를 갔다. 별다른 저항 없이 엄마 손을 잡고 따라간 기억이 난다.

태어날 때부터 팔다리가 없어서 누워만 있어야 하는 분과 하루 종일을 보내고 난 뒤로 내가 더 이상 투덜대지 않았다고 엄마는 기억했다. 본인만의 훌륭한 양육법이었음을 강조하면서.

하지만 내 기억은 다르다. 나이에 비해 너무나 맑은 눈망울을 하고 있는 그분들을 보며 내가 참 행복한 거구나, 감사해야겠다는 마음을 가졌으면 참 좋으련만, 그냥 좀 무서웠고 얼굴은 어른이었으나 아이같이 순수한 그들을 보며 혼란스러웠던 기억만 남아 있다.

그래서 불만은 사라졌나? 아니 전혀다. 그 뒤로도 쭈욱 이어져 마흔 넘은 지금까지 툴툴대면서 선글라스로 머리털을 누르려 고군분투하고 있는 걸 엄마가 알면 놀라실까.

양육자의 의도대로 아이들은 자라지 않는다. 어찌 보면 아쉽지만, 어찌 보면 다행이기도 하다. 머리털 개수가 모두 다르듯 아이들은 모두 제각각의 모습으로 자라난다.

십 년 넘게 엄마의 자리에 있으면서 깨달은 것 하나는, 그저 아이랑 사이좋게 지내는 게 가장 중요하다는 것이다. 각자 열심히 살면서 따가운 레이저 광선을 거두고 따스한 관심의 눈빛을 한 번씩 보내주는 것⋯. 물론 말은 쉽다. 내 아이들은 매일 레이저 광선으로 전신욕 중이다.

얼마 전, 이근후 작가의 《백 살까지 유쾌하게 나이 드는 법》 책을 다시 필사하며 나와 같은 생각에 무릎을 탁 쳤다.

즉 좋은 부모가 되려고 너무 애쓰지 않아도, 그저 양육자로서 아이에게 해서는 안 될 일만 피해도, 그리고 남은 에너지로 자기 인생을 사는 데 열중해도, 부모로서 역할을 괜찮게 해낼 수 있다는 뜻이다.

-이근후, 《백 살까지 유쾌하게 나이 드는 법》

이제 머잖아 큰 아이는 사춘기의 문턱을 넘어설 것이다. 그때
는 거울 속 본인의 모습이 지금처럼 멋져 보이지만은 않을 것이
다. 그날이 올 때까지 나는 아이와 그저 좋은 관계를 유지하다가
뜬금없이 손잡고 아무 효과 없는 자원봉사를 갈지도 모른다.

훗날 아이가 깨닫길 바란다. 우리가 그 시절에도 손을 잡고
다닐 만큼 사이가 좋았다는 것을, 그리고 엄마는 무심한 듯 몰
래몰래 따스한 관심의 눈빛으로 너를 보고 있었다는 것을.

PART 3
추억은 삶의 에너지

노랑머리 약사의
첫 출근

~~

고등학교 시절, 고2가 되면 이과와 문과로 나눠졌다. 난 뼛속까지 문과생이었지만, 고1 때 친한 친구들과 함께 '헤어질 수 없다, 다 같이 움직이자!'를 외치며 우르르 이과로 넘어왔다. 사실 그때는 내가 문과 체질인지 이과 체질인지도 잘 몰랐다. 부모님도 잘 모르셨던 것 같다. 친구들도 다 비슷했다. 같이 서점 다니고 도서관 다니고 시집 끌어안고 다니던 친구들도 죄다 이과에 있었으니.

어찌어찌 부모님의 뜻에 따라 약대로 진학을 했지만, 학과 공부는 나와 잘 맞지 않았다. 약대를 졸업한 후 바로 취직할 생각은 없었다. 친구들은 약사고시 후 좋은 조건의 근무 약국을 찜해놓고 아르바이트를 하거나, 제약 회사나 병원에 지원해서 결과를 기다리고 있었다. 몇 동기들은 대학원으로 진학했다. 나는 딱히 하고 싶은 게 없었다. 취직은 어디든 하겠지 속으로 생각만 했을 뿐 머리도 샛노랗게 염색해 보고 아직 취직 안 한 친구들과 약속을 잡아가며 놀았다.

그러다 한 동아리 선배에게 연락이 왔다. 본인이 일하는 약국에서 약사를 뽑는데 이번 주에 당장 올 수 있냐고 물었다. 친구들이 받고 있는 페이보다 더 높게 준다고 했다. '후훗 역시 또 일이 잘 풀리는군. 제일 늦게 취직하면서 제일 높은 페이를 받게 되다니.' 바로 월요일에 출근하겠다고 했다.

첫날 출근이 9시까지였는데 여유 있게 삼십 분 정도 일찍 갔더니 약국 셔터문이 내려져 있었다. 그 앞에서 청바지를 입은 채 쭈그리고 앉아 기다렸는데 조금 있다가 나보다 더 어려 보이는 학생 하나가 왔다. 나를 눈으로 흘깃 쳐다보며 물었다.

"누구세요?"

자물쇠 열쇠를 꺼내며 비켜달라는 듯 물었다.

"안녕하세요. 오늘부터 첫 출근하기로 했는데요."

눈이 휘둥그레진 그 학생은 의외라는 듯 "아… 네…" 하며 나를 위아래로 훑었다. 정장을 입고 왔어야 했나. 어차피 가운을 입을 거란 생각에 티셔츠에 청바지를 입고 왔는데.

셔터 올리는 걸 도와주고 나니 그 학생은 텅 빈 약국에 들어가 불을 켜고 제일 먼저 컴퓨터를 켰다. 그 뒤로 더 어려 보이는 학생 한두 명이 헐레벌떡 젖은 머리를 휘날리며 뛰어들어 왔고, 피로회복제와 감기약의 박스를 뜯어가며 냉장고와 온장고에 채워 넣었다.

조금 있다가 선배가 왔다. 그리고 주인 약사님이 오셨다. 약사님은 눈이 엄청 컸는데, 나를 보더니 눈이 최대치로 커졌다. 그리고 호탕하게 웃으며 말했다.

"아이고, 반가워요. 지아 셔터문 열던 친구인 줄 알았네. 약국 처음이죠? 실습은 해봤나?"

"실습은 병원에서 해서 약국은 처음이에요."

"아 그럼 천천히 배워요. 약사님들 두 분 더 계시니까. 가운 입어요."

나에게 아무 이름 없는 가운을 하나 건네주었다. 그리고 9시가 되었다. 의약분업이 된 지 얼마 안 된 시절이었다. 약국은 산부인과와 소아과 내과가 함께 있는 중형병원 옆이었는데 아, 그때부터 시작이었다. 모든 병원의 월요일이 제일 바쁘듯, 약국도 월요일이 제일 바쁘다.

그 월요일, 9시 땡 하자마자 환자들이 물밀듯 처방전을 들고 몰려오는데, 정말 눈 깜박할 새 점심시간이 되었고, 밥을 콧구멍으로 먹듯이 욱여넣고 정신을 차려보니 저녁 일곱 시였다. 밥 먹을 때 빼곤 단 한 번도 앉지 못했다.

아직 일도 서툰데, 서툴러도 일손은 부족하니 약을 조제했다가 뛰쳐나와 일반약을 팔았다가 처방전을 받았다가 혼자 난리가 아니었다.

나중에 안 사실이지만 내가 동기들 중 제일 바쁜 약국에 들어간 거였고 시간도 제일 길고 주말 근무까지 있어서 페이가 센 거였다. 특히 소아과 옆은 보통 약들 조제 시간의 두 배가 든다. 시럽을 따르고 알약을 갈아서 또 가루약을 만들어야 하기 때문이다. 아이들을 데리고 부모가 오기 때문에 약국 안은 더 북적거리고 꽉 찼다.

손님들이 다 돌아가고 내 얼굴은 머리색보다 더 노랗게 질려 있었다. 다리가 후들거리고 실수한 것도 많아서 아주 민망했다. 모든 직장인의 출근 첫날은 뭐 비슷하지 않을까. 혼자 위안을 삼는데 주인 약사님의 호통이 들려왔다.

"서 약사! 남아서 일 좀 배우고 가야겠어!"

"넵!!"

약사님은 진짜 걸걸한 스타일로 말을 속에 담아두는 그런 분이 아니었다. 난 그날부터 일주일간 야근을 했다. 약사님과 직원

동생들하고 저녁을 먹으며 처방전을 입력하고 분류하는 법과
수만 가지 약의 위치를 외우고 또 외웠다.

외우는 건 자신 있었는데 문제는 손님들 앞에 설 때였다.

"뭐 필요하세요?"

여쭤보면 손님들이 내 얼굴과 머리를 먼저 쳐다보았다. 그리
곤 자꾸 약사님을 불러달라고 했다.

"아, 네. 잠시만요. 약사님~!"

불러달라고 하니 그냥 다른 약사님을 불러드렸는데, 그것도
한두 번이지 더는 안 되겠다 싶었다. 주말 동안 미용실에 가서
다시 어둡게 머리 염색을 했다. 도장 명찰 파는 곳을 찾아가서
찐핑크색 약사 명찰을 팠다.

월요일, 당당히 내 이름 앞에 약사라고 적힌 명찰을 차고 까
만 머리로 카운터에 섰다. 소아과 처방전을 든 아이와 엄마가
들어왔다.

"뭐 드릴까요?"

"언니~ 약사님이랑 상담 좀 하고 싶은데요."

난 마음을 단단히 먹고 말했다.

"제가 바로 약사…

님 불러드리겠습니다. 약사님~!"

그렇게 언니에서 약사로 불리기까지 몇 달은 더 걸렸다. 소아과 단골 아이들을 뽀로로 비타민으로 꼬시고 안아주며, "약사 이모가 까줄게!" 스스로 처절하게 부르짖으며 서서히 엄마들에게 눈도장을 찍기 시작했다.

20대 초중반의 사회 초년생이었던 우리는 모두 그렇게 서툴렀고 긴장했고 이불 킥하던 밤들이 있었다. 관공서나 아이 학원, 병원 같은 곳에서 가끔 마주치는 사회 초년생인 그들의 당황한 눈빛 속에서 그 시절 나를 본다.

'처음엔 다 그렇죠.'

속으로 중얼거리며 조금 여유 있게 살짝 미소를 건네줄 수 있는, 이젠 흰머리를 가리기 위해 염색하는 누런 머리 어른이 되어가는 중이다.

마잉 ~ 처음엔 다 그렇죠 ~ 。

마잉 ~ 흠

지금도 딱히...
달라진 게 없..

내 남자의
명품 취향

≈

신랑과 연애할 때의 일이다.

우리 신랑은 전형적인 교회 오빠 스타일이었다. 항상 '오빠가 해줄게'를 입에 달고 사는 착하고 선해 보이는 이미지였다. 하지만 오빠는 나에게 해줄 수 있는 게 없었다. 연애를 거의 안 해 봤기 때문이다. 지금도 아니라고 하지만 분명 티가 났다. 마음은 잘해주고 싶어도 아는 게 없어서 해줄 수가 없었다.

내 나이 28살, 신랑 나이 30살에 연애를 시작했다. 첫 백일에 난 백화점에서 오빠의 백팩과 커플 지갑을 준비했고, 오빠는 문구점에서 커다란 곰인형을 사 왔다. 그때부터 우리의 취향은 계속 어긋나기 시작했다. 오빠는 순두부찌개를 먹고 싶어 했고, 나는 파스타가 먹고 싶었다. 오빠는 운동하러 가고 싶어 했고, 나는 서점에 가고 싶어 했다. 오빠는 홍콩영화를 좋아했고, 나는 할리우드 영화를 좋아했다.

그렇게 다른데도 우리는 신나게 연애했다. 오빠는 늘 나를 웃겨주었다. 일부러 웃기려고 그런 게 아닌데 그게 더 웃겼다. 하지만 선물은 웃기지 않았다. 자꾸만 문구점에서 사 왔기 때문이다. 나는 이제 그만 어른스러운 선물을 받고 싶었다. 솔직히 백화점 선물이 받고 싶었다.

오빠에게 슬쩍 물었다.

"오빠. 혹시 백화점에서 아는 명품 있어?"

"내가 예전에는 패션을 좀 아는 남자였거든. 명품 구두도 사본 적 있어. 명품은 1층에 쫘악 있잖아."

"그렇지, 그렇지. 어디 거?"

"무크."

아 정말 뒷목 잡고 쓰러질 뻔했다. 같은 1층이 그 1층이 아닌데. 하긴 구두 이벤트 행사장도 1층에 있긴 했던 것 같다.

한 번 더 물었다.

"아 그럼 혹시 여자들이 좋아하는 명품 브랜드는 아는 거 있어? 제일 쉬운 거 두 글자. 그건 알지? 왜 이렇게 C자가 서로 반대로 겹쳐서 있는 그거. 막 향수도 있고. 화장품도 있고. 알지?

알아?"

"어. 알지. 두 글자잖아."

"그래그래. 힌트, 불어야."

"어 알지. 불어."

"말해봐. 오빠 그래그래, 누나가 셋이나 있는데 그건 알겠지."

"드봉."

아… 드봉은 뭘까. 비누 아니었나. 드봉과 샤넬은 어떤 연결고리가 있을까. 드봉은 비누계의 샤넬일까.

그날도 신랑은 나를 웃겨주었다. 웃기려고 한 건 아닌데 또 그렇게 말이다.

너의 머리숱만큼
너를 사랑해

≋

시어머니 이금운 씨는 영 마음이 불안했다. 며느리 오 여사님도 점점 불안해지기 시작했다. 며칠 전 꿈속에서 무언가 동그랗고 똑같은 것이 나란히 세 개 있는 것을 보았다.

'태몽인가베. 우짜지. 또 딸인가 봐.'

말 못 할 고민이 시작되었다. 남편 서영화 씨에게 불길한 태몽에 대해 걱정스레 털어놓았다.

"여보, 또 딸이면 어쩌지?"

"뭐땀시 그런 걱정을 하능가. 나는 딸이 더 좋아부러~."

"얘가 만날 잠 안 자면 우짜지?"

"나가 업고 재울랑께 걱정하덜 말어~. 당신은 건강하게만 낳아주소."

하지만 오 여사님은 마음이 편치 않았다. 옆집 수현 엄마가 딸 셋을 어찌 키우냐고 몰래 병원을 다녀오라고 했다. 하루 종일 고민하던 그녀는 결심한 듯 주섬주섬 옷을 챙겨 입고 산부인과로 향했다.

'입이 안 떨어지네. 뭐라고 하지.'

그사이 간호사가 말을 건넸다.

"올 때 아직 안 되었는데 일찍 오셨네요. 불편한 곳이라도 있으세요?"

"저기….."

"일단 옷 갈아입고 이쪽으로 와서 누우세요."

"쿵쿵! 쿵쿵!"

간호사는 아이의 심장 뛰는 소리를 들려주었다.

"어머. 아이가 아주 씩씩하게 잘 크고 있네요."

오 여사님, 갑자기 눈물이 또르르 흐른다.

'아가야 미안. 대체 엄마가 무슨 생각을 한 거니. 아들이고 딸이고 뭣이 중한디! 다 소중한 내 새끼인 것을….'

아들딸 상관 말고 잘 키우자 결심한 오 여사님은 집으로 오자마자 옆집 수현 엄마가 추천해 주는 한약방을 찾아갔다.

"아들 낳는 한약으로다가 씨~게 부탁 혀요~."

그렇게 태어난 막내 금쪽이, 한약이 용하려다 말았을까. 온몸에 털을 풍성하게 뒤덮고 태어났으나 안타깝게 고추는 못 달고 나왔다. 털이라곤 없는 두 부부에게서 나올 수 없는 신기한 조합이었다.

서영화 씨는 아이의 등을 뒤덮은 털을 쓰다듬으며 신기하게 쳐다보고 또 쳐다보았다.

"웜마. 공주님 맞제? 겁나 동물 시끼처럼 구여워부러야. 털북숭이 내 똥강아지."

그때부터 아빠와 딸의 동침은 시작되었다. 무려 초등학교 6학년까지.

서영화 씨는 어미 개마냥 밤이면 품속으로 파고드는 똥강아지에게 한쪽 팔을 내어주고 찌찌도 내어주었다. 아이는 그 팔을 베개 삼아 그리고 찌찌를 만지며 잠이 들었다.

똥강아지는 유독 머리숱이 많았는데 서영화 씨는 그 머리털마저 사랑했다. 오 여사님께서 단발령을 내리고 도끼눈을 떠도, 서영화 씨는 아이의 원대로 허리까지 기르게 해주었다.

"나가 알아서 다 할랑께, 냅두소~."

밤마다 세숫대야에 넘쳐나는 검은 물미역 같은 아이의 머리를 감긴 다음 따뜻한 바닥에 눕히고 드라이어에서 탄내가 날 때까지 말려주었다.

막내딸은 생생히 기억한다. 아빠 품 안에서 잠들고 눈뜨던 날들. 아빠의 보드라운 찌찌와 팔베개, 선잠이 들었을 때 뽀뽀세례를 퍼붓던 까슬까슬하던 아빠의 턱수염까지.

그리고 수없이 튕겨나가던 머리핀과, 끊어져 나가던 머리끈들. 머리를 묶어주시던 엄마의 짜증 섞인 손놀림과 머리 말려주시던 아빠의 따뜻한 손놀림까지도.

중학교 1학년 입학식 전날, 3월 1일이었다. 귀밑 3센티미터, 똑단발이 학교의 규정이었다. 그날 부부는 마지막으로 긴 머리를 휘날리는 똥강아지의 사진을 수십 장 찍어주고 미용실에 데려갔다.

"아이고 머리가 억수로 기네요. 숱도 많고. 이걸 우째 관리하셨을까잉."

부부는 눈을 마주치며 말했다.

"그거… 소중한 거라서…. 저희가 보관해도 될랑가요?"

그들의 엽기적인 행각이 시작되었다. 뚝 잘라 받아온 긴 머리카락 다발의 윗부분을 노란 고무줄로 묶은 다음, 신문에 돌돌 말아 그 당시 단스라고 불리던 옷을 넣는 서랍장에 보관하였다. 막내딸은 단스를 열 때마다 가끔 놀라곤 했는데 그렇게 부부는 얼마간 그 머리카락을 차마 못 버리고 간직했다.

조선시대 많은 선비들이 신체발부는 수지부모라 하여 머리털 하나도 소중히 여기는 것이 효도의 시작이라 여겼다더니 우리 부모님은 셀프 효도를 하신 걸까. 자식의 머리털을 끝까지 지켜주느라 정말 고생이 많으셨다.

막내 금쪽이, 현재 43살, 싱가포르 거주.

사계절 여름인 더운 나라에서 땀 삐질삐질 흘리며 여전히 풍성한 머리숱을 감고 말리느라 허덕대는 중이다!

지금에서야 깨달아지는
어린 시절 추억 속
부모님 사랑이 있습니다.

수영장에서는
나이를 묻지 마세요

≈

　싱가포르의 좋은 점 중 하나는 사계절이 여름이라 일 년 내내 수영이 가능하다는 것이다. 수영을 좋아하는 사람들에게 싱가포르는 아마 천국이지 않을까 싶다.

　싱가포르에서 콘도라고 불리는 집들은 단지 안에 수영장이 있고, 콘도가 아닌 집이라도 다들 근처에 작은 워터파크나 수영장이 있어 공짜나 다름없는 아주 저렴한 가격에 이용할 수 있다. 게다가 로컬 초등학교에서는 3학년 교과 과목 중 생존 수영이 있어서 학생들은 누구나 어릴 적부터 기본적인 수영을 배울 수 있다.

　어렸을 때 강가에 놀러 갔다가 튜브를 타고 어른들 시야를 벗어나 둥둥 떠내려간 경험이 있는데, 그 이후로 겁을 먹은 건지 워낙 몸치에다 운동을 안 좋아해서 그런 건지 나는 물을 무서워한다. 물놀이 갈 때마다 즐기지 못해 답답한 적도 많았다.

물개처럼 반들거리며 물속을 오가고 바다 수영을 하는 친구들을 모래사장에서 오도카니 앉아 바라보거나 발 닿는 곳에서만 튜브를 타고 동동거린 적이 많다.

20대 때 안 되겠다 물 공포증이라도 이겨내자 싶어서 직장을 다니며 새벽 수영을 끊었다. 모두가 민낯에 수영모를 쓰니 나이가 어린지 많은지 구분이 잘 안 되었다. 커플들만 대략 20대겠지 짐작할 수 있었다.

열 명 정도로 구성된 기초반이었는데 가만 보니 다들 처음은 아닌 것 같았다. 처음인데 그렇게 잘할 수가 없었다. 허우적대는 사람은 오직 둘, 피부가 새하얀 남학생과 나뿐이었다.

동작을 배우고 '출발!' 하면 다들 줄을 맞추어서 물살을 가르며 쭉쭉 앞으로 나아갔다. 나는 그때 인생에서 가장 적은 몸무게를 기록하고 있어서 잘 뜰 줄 알았는데 몸무게와 뜨는 건 아무 상관이 없다는 것을 그때 깨달았다. 남학생과 나만 꼬르륵거리며 '코에 물 들어갔어요! 귀에도요! 몸이 안 떠요!'를 처절하게 외치고 있었다.

두 달간의 사투 끝에 드디어 내 몸뚱이는 떴다. 고개를 들고 호흡을 할 정도는 아니었지만 잠수한 채 앞으로 나아가거나 배영도 잠시 할 수 있었다.

다음 달 모두 중급반으로 등록할 거냐는 선생님의 물음에 "선생님 저는 초급반 한 번 더 들을래요" 했더니 고개를 절레절레 저으며 그냥 윗반으로 올라가라고 했다. 가르치면서 스트레스를 많이 받았나 보다.

마지막 날 젖은 머리를 털고 나오는데 신발장에서 그 남학생을 마주쳤다. 수모를 벗고 옷을 입으니 그제야 제 나이로 보이는데 번듯한 30대 초반의 직장인 같았다. '아이고 수업 중에 학생! 하고 실수할 뻔했구먼' 하며 속으로 깜짝 놀랐다. 수영장에서는 나와 같이 어리바리한 꼴등반 소속이었지만 회사에서는 끝내주게 일 잘하는 팀장일지도 모를 일이었다.

더 심하게 변신한 사람이 한 명 더 있었으니 바로 수영 선생님이다. 세상에, 수영장에서는 번쩍거리는 신상 수영복을 입고 근육맨 자태를 뽐내며 수영장을 호령하는 황제 폐하 같았던 그분이, 수모를 벗고 평복을 입은 모습은 길거리 가다가도 못 알아볼 정도였다. 머리숱이 많이 없어서 수모를 썼을 때보다 더 나이 들어보였고 루즈하게 늘어진 바지와 스포츠 가방은 왠지 후줄근한 느낌이었다.

사람은 어디에 있느냐에 따라 참 달라보일 수 있다는 생각이 들었다. 내가 자신 있는 영역에서는 정글의 맹수처럼 보이다가도, 나의 영역이 아닌 곳에서는 순한 양이 되어 구석에 쭈그리고 있기도 한다. '음 역시, 세상사 보이는 게 다가 아니구나.' 그렇다면 수영장에서 과연 나는 어때 보였을까 순간 궁금했지만 출근 준비하느라 금세 잊어버렸다.

그 뒤로 수영에 조금 재미가 붙어 일요일마다 친구와 수영장에 놀러 갔다. 수영을 한 후 몸을 녹일 수 있는 따뜻한 온탕이 있는 수영장이었는데 나이 든 아저씨들 몇 명이 먼저 와 있었다. 한 아저씨가 수모를 쓴 채로 덜덜 떨며 들어가려던 우리를 위아래로 훑어보더니 물었다.

"중학생?"

우리는 둘 다 너무 웃기기도 하고 비참하기도 해서 갑자기 더 귀여운 목소리를 내며 "뉘에뉘에" 하고 발만 담갔다가 그냥 샤워실로 향했다. 샤워실에서 다시 내 몸을 훑어봤는데 '그래… 남학생이냐고 안 한 게 어디야' 하는 생각이 들었다.

조금 전 그 중학생은 젖은 머리를 털고 립스틱을 살짝 바른 다음 뽕 브라를 차고서야 아가씨가 되어 또각또각 걸어 나왔다.

수영장에서는 쉿!
나이를 묻지 마세요.

천사가
살고 있다

≈

처음 대학교에 입학했을 때 일이다.

지방에서 올라와 기숙사에 들어간 친구와 나는 수업이 없는 오후와 주말마다 시간이 나면 서울 구경을 한다고 이곳저곳을 돌아다녔다. 아직 고등학생 티를 못 벗었던 우리는 책가방도 빨강, 파랑으로 맞추고 신발도 똑같은 걸 사서 신고 거리를 활보했다. 생각해 보면 참 촌스러웠고 해맑았다.

그날도 수업이 끝나자마자 뛰어나와 버스를 탔다. 마침 친구는 집에서 용돈을 보내주어서 지갑도 두둑했다. 우리는 신나게 버스 내리는 문 가까이 자리 잡고 앉아 수다를 떨며 갔다. 그리고 종로 어딘가에서 내려 걷고 있는데 순간 친구가 당황하며 말했다.

"어? 어? 지갑이… 없어. 어떡해. 차에 흘렸나 봐."

이미 버스는 떠났고, 우리는 버스 차량 번호판도 보지 못했다. 우리가 뭘 할 수 있을까?

버스는 서울 시내 곳곳을 다 돌고 가는 터라 종점까지 간다 해도 이미 지갑은 없어졌을 것이다. 도로가 워낙 많이 막혀서 택시를 타도 따라잡을 수 있다는 보장이 없었다. 지금처럼 버스 노선도를 인터넷에서 검색할 수도 없던 시절이라 버스 정류장 한쪽에 붙은 노선도를 들여다보며 대략 어디쯤으로 가는지를 훑었다.

그 노선표 위의 여러 정류장 중 우리가 버스에서 내려 가본 적 있는 곳으로다가 목표를 찍고 전철이 버스보다 빠르겠지 싶어서 냅다 전철역으로 뛰었다. 전철에서 내내 마음을 졸이던 우리는 목적지에 도착하자 정신없이 뛰어올라가서 그 버스가 서는 정류장에 대기했다.

그런데 느낌이 쎄했다. 저 멀리 바로 우리가 탔던 번호의 버스가 뒷모습만 남긴 채 떠나고 있었다. 시간상 아무래도 저 버스였던 것 같은데…. 우리는 아쉬워하며 종점까지 가야 하나 보다 하고 거친 숨을 고르고 있었다. 그때였다.

"저기… 학생? 아까 혹시 00번 버스 탄 학생들 맞지?"

버스 정류장에서 유심히 우리를 바라보던 한 아주머니가 말을 건넸다.

"네. 맞는데요?"

"이 지갑도 혹시 학생들 거 아니야?"

어머나. 우리는 숨이 멎는 줄 알았다. 아주머니 손에 들려 있는 지갑은 우리가 오매불망 찾고 있던 친구의 것이었다.

"오 아주머니! 맞아요. 너무 감사합니다. 어떻게 이걸?"

"내가 학생들 뒤에 앉아 있었거든. 가방 색깔이 알록달록하니 기억에 남았어. 그런데 학생들 내리고 나서 내가 그 자리로 옮겼는데 바닥에 지갑이 있더라고. 열어보니 학생증도 있고, 이걸 여기 두면 누가 집어갈까 싶어서 경찰서에 보내야겠다 하고 들고 내렸지."

그리고 더 기적 같은 말을 덧붙이셨다.

"나 사실 잠시 딴 생각하느라 한 정거장 잘못 내려서 다시 버스 타려고 여기서 기다리고 있었던 거야. 그런데 저쪽에서 학생들이 헐레벌떡 뛰어오길래 나도 너무 놀랐어."

와. 어쩜 이런 기적 같은 일이 벌어진 건지. 우리는 연신 머리를 조아리며 인사를 했다.

"아주머니. 너무 감사합니다. 진짜 오늘 용돈도 받아서 돈도 많았거든요. 잃어버린 줄 알고 정말 아찔했는데, 아주머니 복 받으실 거예요. 엉엉. 너무너무너무 감사합니다."

"그래요. 앞으로는 조심해서 잘 챙기고 다녀요."

"네! 감사합니다!"

우리는 흐뭇해하시는 아주머니의 뒷모습이 사라질 때까지 조폭 형님들을 모시는 동생들처럼 허리를 90도로 숙이고 있다가 미친 듯이 팔짝팔짝 뛰며 하이파이브를 했다.

"어머어머 웬일이니! 기적이야 기적!"

길거리 한복판에서 호들갑을 떨며 흥분을 감추지 못했다.

"저 아주머니 천사 아닐까?"

"나도 어렸을 때 물에 튜브타고 둥둥 떠내려갔는데 어떤 아저씨가 구해주셨거든. 근데 고맙다고 돌아보니 안 계셨다."

"우리 언니 친구 동생 같은 반 애는 어릴 때 기차역 선로 앞을 지나는데 어떤 아줌마가 뒤에서 확 잡아당겼대. 그 순간 기차가 휙 지나가서 죽을 뻔했다가 살았대. 근데 그 아줌마가 안 보이더래."

우리는 어디선가 들은 적 있는 기적 같은 이야기들, 언니의 친구의 사돈의 팔촌의 친구의 동생 이야기까지 거들먹거리며 오늘의 기적도 그중 하나인 베스트 전당에 올렸다. 학교로 돌아가 우리 얘기를 들은 친구들은 신기해하며 또 그 이야기를 날랐을 것이고, 누군가 기적 같은 일을 맛보았을 때 그 이야기 사이에 우리의 지갑 이야기도 전해졌을 것이다.

삶에서 마주친 작은 기적 같은 순간들은 알고 보면 천사 같은 누군가의 손길들이었다. 잃어버린 지갑이 경찰서를 통해 돌아왔을 때도 있었고, 놀이공원에서 놓쳤던 아이의 손을 잡아준 분들도 계셨다.

허둥거리며 무언가를 흘리고 앞에 가던 사람에게 '저기요. 이거 흘리셨는데요'라고 건넨 장갑 한 짝이나 종잇조각이 그 사람에겐 상상 이상의 소중한 그 무엇이었을지도 모른다.

나도 당신도 우리도 역시 누군가에겐 천사였을지도. 서로가 서로에게 작은 기적을 베풀며 본인의 정체를 모른 채 천사들이 살아가고 있다. 이 지구 곳곳에 말이다.

택시 기사님,
저희 집을 지나쳤는데요

~~~

작년 여름, 오랜만에 한국에 들렀을 때 제주 공항에서 내려 집으로 가는 택시를 탔다. 공항에 내리면 항상 아빠나 형부가 데리러 왔었는데 그날따라 아무도 없었다.

내 앞으로 줄이 꽤 길었지만 바닥에 그려진 하얀 줄을 따라 1, 2, 3, 4번 택시들이 줄줄이 들어왔고 손님들을 날랐다. 생각보다 금방 차례가 돌아와서 마지막 4번 택시를 탈 수 있었다.

"안녕하세요. 트렁크 좀 열어주세요."

캐리어가 두 개나 돼서 혹시 기사님이 싫어할까 봐 최대한 밝은 목소리로 인사를 건넸다. 덜컹 트렁크가 열렸고, 정리되어 보이지 않는 안쪽으로 캐리어 두 개를 간신히 밀어 넣었다.

"○○동 ○○빌로 가주세요."

묵묵부답이었다. 빌라 이름이 비슷비슷한 동네라서 보통은 네비게이션을 찍거나 다시 한 번 물어보는데 기사님은 그냥 출발했다. 공항에서 가는 길을 잘 알고 있기에, 혹시라도 길을 놓치면 말씀드려야지 생각하는 순간 갑자기 차가 좀 덥게 느껴졌다.

기사님이 창문을 나지막이 내리고 에어컨은 송풍으로만 틀어놓은 채 그렇게 달리고 있었다. 상당히 덩치가 큰 분이었는데 목 뒤로 땀을 삐질삐질 흘리고 있었다.

그리고 혼잣말이 들리기 시작했다. 처음엔 이어폰으로 통화하는 줄 알았지만 무심코 본 귀에는 이어폰이 없었고, 앞쪽 휴대폰에도 아무 신호가 없었다.

"아이씨. 아이 진짜. 아이씨. 아이지지비비…."

알 수 없는 혼잣말인 듯 짜증인 듯 중얼거림이 들렸다. 난 바짝 긴장하기 시작했다. 대낮이니 별일 없겠지.

앞쪽 기사님의 정보가 담긴 사진엔 생각보다 앳돼 보이는 젊은 덩치 있는 남자가 찍혀 있었다. 옆모습을 보니 동일인물은 맞는 것 같았다. 기사님의 한 손은 운전대를 잡은 채, 다른 한 손은 불안하게 허벅지를 문질렀다가 때렸다가 가만히 있지를 못하고 여기저기 헤매고 있었다. 중얼거림은 끝없이 들려왔다. 나는 무서워서 백미러를 쳐다볼 수도 없었다. 나를 째려보고 있는 것 같기도 해서였다.

'눈이 마주치면 어쩌지….'

그리고 눈에 들어온 건 운전석 뒷좌석에 붙여놓은 글씨. 반려
견을 데리고 탈 수 없다는 내용이었던 것 같고, 기억에 남는 건
글씨체였다. 왼손으로 쓴 듯한 삐뚤빼뚤한 손 글씨를 보고 나니
더욱 긴장할 수밖에 없었다. 길은 우리 집 쪽으로 향하고 있었
지만 무서웠다. 마침 큰 언니에게서 전화가 왔다.

"수란아 어디니. 거의 다 와가니?"

"언니!"

난 무척 큰 목소리로 대답했다.

"어. 어디냐고? 나 여기 방금 튼튼병원 지났고, 이제 5분 정도
면 도착할 거야. 형부도 있지?"

집에 있지도 않은 형부를 들먹였다.

"아니. 없다고 했잖아."

"어~ 알겠어. 형부랑 같이 나와."

헛소리를 하고 끊었다.

점점 빌라 입구가 가까워지자 뛰어내릴 준비를 하며 '수란아,
그래도 트렁크 짐은 챙겨야 한다. 정신 줄 잡자'를 외치고 있었
다. 우리 집은 조금 외진 길에 있어서 좀 더 긴장되었다.

그런데 아니나 다를까 기사님이 입구를 쓰윽 지나 곧장 직진하는 것 아닌가. 아이고, 그러면 더 외진 곳으로 들어가는데…. 올 것이 왔구나. 내 이럴 줄 알았다. 도착 직전까지 내 긴장을 풀어놓고 막판에 끌고 가는구나 싶어 황급히 외쳤다.

"기… 기사님! 저기 입구 지났는데요!"

그 순간 차가 끼익 멈춰 섰다. 일 차선이었는데 뒤차 오는 건 확인은 했나 모르겠다. 차는 바로 중앙선을 넘어 유턴을 과감히 하며 입구로 돌진했다. 나는 흔들리는 차에 머리 한쪽을 쿵 박으며 "그래도 다행이야. 내릴 수 있을 것 같아" 읊조리며 달달 떨면서 지갑을 꺼냈다.

원래 더 안쪽까지 들어가야 하는데 경비실이 있는 입구에서 '여기에요!'를 외치고 내렸다. 돈도 딱 만 원이 나와서 얼른 만 원짜리를 꺼내드렸다.

"트렁크 좀 열어주세요."

서둘러 두 개의 짐을 꺼내고 살았구나 싶었는데 갑자기 기사님이 창문을 쓱 내렸다. 처음으로 눈이 마주쳤다. 젊고 앳된 얼굴에 틱이 있는지 눈을 자꾸 깜박거렸지만, 선한 눈빛이었다.

"잔돈 있수다."

"아, 아닌데요. 만원 딱 나왔는데요."

"내…내가. 저… 그… 폐 끼쳤수다."

하시며 내 손에 400원을 떨어뜨려 주었다. 입구에서 지나친 만큼을 나름 계산하셨나 보다.

택시는 떠났고, 그저 생각만으로 한 사람을 괴물로 만든 나는 손바닥 위 짤랑거리는 400원을 꽉 쥐지도 펴지도 못한 채 그 자리에 오도카니 서 있었다.

PART 4
그때도 좋았고 지금도 좋아

입덧과
토마토

~~

난 입덧도 참 요란하게 해댔다. 아이가 생겼다는 것을 아는 순간 입덧은 시작되었고, 먹기만 하면 변기에 머리를 박고 술 취한 사람마냥 꺽꺽댔다.

아무것도 못 먹고 먹었다 하면 다 토했다. 아직도 그 느낌을 떠올릴 수 있는데, 입과 코로 동시에 넘어오던 음식물, 그 시큰한 냄새, 코에서 밥풀떼기가 나오고, 잠수하다 코에 물이 들어가 시큰시큰한 딱 그 기분. 이러다가 평생 정상으로 돌아가지 못하는 건 아닐까 진심 두려웠던 기억이 난다.

그 당시 파트타임으로 오후에 전철을 타고 출근을 해야 했는데 몇 코스마다 내려가며 휴지통을 붙잡고 우왝 하던 기억도 불현듯 떠오른다. 평일 한가로운 오후, 전철을 기다리던 할머니들

은 나를 피하며 화들짝 놀라셨다. '쯧쯧 젊은이가 낮술했구먼.'

주말에 혼자 있을 때였다. 신랑은 휴일에도 아침부터 회사로 불려나갔다. 신혼이었던 우리는 각각 하늘색, 핑크색에 연한 스트라이프가 있는 커플 잠옷을 맞춰 입었는데 그날도 침대에서 겨우 눈뜬 채 그 잠옷을 입고 드러누워 이 울렁거리는 하루를 어찌 보내나 생각하고 있었다.

유일하게 먹을 수 있는 건 토마토였다. 그것도 와작와작 씹어 먹으면 큰일 나고, 즙만 쪽쪽 최대한 천천히 빨아먹어야 토하지 않았다. 일단 냉장고까지 네 발로 기어갔다. 그리고 하나를 대충 씻어 다시 침대로 기어들어 왔다.

국물을 쪽쪽 빨려면 단단한 토마토를 한 입 콱 깨물어야 했다. 아뿔싸, 그러다가 토마토 국물이 탁 터지며 여기저기 튀었다. 국물은 목을 타고 입고 있던 잠옷에 줄줄 흘렀다.

많이 움직이면 미식거리니까 최대한 움직임을 줄여 한 번에 해결해야 했다. '일단 먹고 씻고 갈아입어야지'라고 생각했다. 그리고 토마토 즙을 쪽쪽 빨아먹었다. 하필 그날따라 입술에 힘도 안 들어가고 자꾸만 질질 새서 입가에 묻은 토마토가 가려웠다. 몸을 일으키다가 토마토를 놓쳐서 어깨 쪽에도 떨어뜨렸다.

침대 옆 휴지로 간신히 손을 뻗어 대충 닦다가 '아이고 안 되

겠다! 기력 딸린다. 일단 자고 일어나서 씻자' 그렇게 몇 시간을
또 잠이 들었다.

띠띠띠 철컥, 문이 열리며 신랑이 들어왔다. 아직 서로에게 예
쁜 모습만 보여주고 싶던 신혼이었는데 "수란아!" 밝게 부르며
방으로 들어서던 신랑의 동공이 심하게 흔들리는 게 느껴졌다.
"수… 수란아… 괜찮아…?"
난 부스스 일어나 내 몰골을 살폈다. 입가에 말라붙은 휴지가
아주 조금 붙어 있었고, 어깨부터 가슴까지 벌건 토마토 국물이
말라붙어 잠옷이 버석거리며 쪼그라붙어 있었다.
"너, 너… 미안한데…. 정… 정신병원에 입원한 환자 같아. 옷
도 병원복 같고."

순간 민망하면서도 너무 웃겨서 둘이 깔깔 한참을 웃었다. 결
혼하고 처음 보여주는 거지꼴이었다. 그때부터 나는 편하게 방
귀 트듯 거지꼴을 텄다. 그 뒤로 우린 서로 그 잠옷만 입으면 정
신병원에 나란히 입원한 부부 같다고 웃으며 미치지 말고 곱게
늙어가자 약속하며 잠들었다.

< 결혼 전 >

너의 어떤 모습도
사랑할 수 있어.

하하. 자네
그 말 감당할 수
있겠나...

아빠가 딸의
머리를 묶어줄 때

~~~

앉아 있을 힘도 없던 입덧 초기에 뭐든 도와주려고 애썼던 신랑이 실패한 게 하나 있었으니 바로 머리를 묶는 거였다. 침대에 널브러져 있다가 네 발로 기어 나오며 외쳤다.

"오빠 내 머리 좀 묶어줘. 나 지금 토하러 가야 하거든."

"가만히 좀 있어 봐" 하며 신랑은 무지 애를 썼지만 머리카락을 쉽게 묶지 못했다.

"아니 왜 이걸 못해? 고무줄로 둘둘 묶으면 되는 것을."

뭐 일단 내 머리숱이 워낙 많기도 했지만, 머리를 한 손으로 한 올 한 올 챙겨 손바닥 위에 모으고 나면, 고무줄을 끼워 넣어야 하는데 신랑의 두 손이 자꾸 불협화음을 냈다.

고무줄을 끼워 넣는 그새를 못 참고 모아둔 머리카락이 자꾸 손가락 사이로 미끄러져 빠져나가고, 흩어진 머리카락을 다시 주워 고무줄 사이로 끼워 넣다가 미끄러지고의 무한 반복이다.

신나게 약 올리듯 도망 다니는 머리카락들을 어찌어찌 간신히 잡아다가 마무리 지었는데, 머리카락이 머리카락을 묶고 고무줄은 거들뿐 아주 볼썽사나운 형국이 되었다.

어차피 하루 종일 입덧하느라 몰골도 작년에 왔던 각설이, 거의 추노 수준이었으니 딱 어울리는 헤어스타일이긴 했다. 머리 감을 때 고무줄을 푸느라 닭털 뽑히는 듯한 아픔을 느꼈던 것 빼곤 괜찮았다.

어릴 적 방학 때 낯선 도시로 발령 난 아빠를 따라서 잠시 엄마와 언니들도 없이 아빠와 단둘이 산 적이 있다. 그때 아빠가 내 머리를 묶어주었을 것이다. 잘 기억이 나지는 않지만, 내 머리는 항상 길었고 풀고 다닌 적이 거의 없었기 때문이다.

아빠도 이렇게 여러 번 피나는 연습 끝에 여자들에게는 코 후비기만큼이나 일상인 이 일들을 해냈을 거다. 여러 번 묶다 보면 고무줄이 늘어나고 헐거워진다는 사실도, 그리고 그 고무줄은 세탁기에서 꺼낼 때마다 사라지는 양말 한 짝처럼 아무리 많이 사놓아도 매일 어딘가로 사라진다는 것도 깨달았을 것이다.

신랑이 처음으로 딸의 머리를 묶어줄 때 당황하던 모습이 떠오른다. 신랑은 육아를 잘 도와주는 편이지만 아이가 유치원생이 될 때까지 한 번도 머리를 묶어준 적은 없었다. 그럴 기회가 없었다고 하는 게 맞겠다.

다섯 살 여자 아이는 생의 주관이 확고했다. 양 갈래 머리가 아니면 절대 하지 않았다. 예쁘고 단아하게 하나로 묶어놓으면 머리카락이 뒤통수에서 모여 하나로 떨어지는 게 싫다며 잡아 뜯었다. 발레리나처럼 틀어 올리는 똥머리도 거부했고 말 그대로 뒤통수엔 아무것도 붙어 있으면 안 되었다.

아마 남자들은 모르는 불편함일 텐데 머리를 뒤통수 중간쯤으로 묶어놓으면 차를 타고 앉아서 머리를 뒤로 기댈 때 불편하다. 묶은 머리가 걸리기 때문이다. 어쩌다가 급해서 딸의 머리를 하나로 묶어주면 등원하는 짧은 10분간의 불편함을 못 견디고 앓는 개처럼 끙끙댔다.

드디어 신랑이 아이 머리를 묶어줄 기회가 생겼다. 내가 몸살이 나서 아파 드러누운 날이었다.

"아빠 두 개로 묶어주세요."

"어. 그래그래."

약 기운이 온몸에 돌아 저절로 감기려는 눈을 간신히 치켜떴지만 아이의 뒷모습이 시야에 들어오자 그냥 눈을 감고 말았다.

아이는 한쪽은 머리 위에, 다른 한쪽은 귀 뒤쪽에 자리 잡은 기괴한 양 갈래 머리를 하고 등원했다. 선생님이 많이 놀라셨는지 잘 매만져 주어서 집에 돌아올 때는 정상적인 아이로 돌아왔다.

혼자서 한국을 다녀오느라 한 달 넘게 집을 비웠을 때 신랑은 드디어 단련이 되었는지, 과한 자신감이 붙어서인지 머리끈 여섯 개를 이용해서 아이 머리를 묶을 때 나름 멋을 부리기도 했다.

예쁘기보다는 촉수가 여섯, 일곱 개가 되는 히드라* 같았다. 아빠의 손가락으로 빗은 듯한 굴곡이 거친 머릿결이 그대로 드러나는 모습. 정수리부터 지그재그로 갈 길 잃은 가르마. 하지만 그 뒷모습은 볼수록 정겨웠다.

아빠가 머리를 묶어주는 건 딸에게도 특별한 경험이 된다. 엄마 손과는 달리 커다랗고 투박한 손길이 스슥 머리를 만져주던 그 느낌은 크고 나서도 문득 떠오를 것이다. 그리고 깨닫는다. 아빠가 망가지고 흐트러지지 않게 애써서 정성 들여 만져준 것은 내 머리뿐 아니라 내 어린 시절도 함께였음을.

* 그리스 신화에 나오는 머리가 여러 개인 괴물

머리카락도,
내 어린 마음도,
덕분에 잘 자랐습니다.

아버님의
생신 상

~~

　결혼하고 시아버님의 첫 번째 생신은 입덧이 심해 그냥 넘어 갔다. 아이가 태어나고 옆집 아기 엄마 유미를 사귀었는데, 우리 아이와 같은 개월 수의 아기를 키우면서도 시어머님 생신이면 생신 상을 차려드렸다. 주말에 시댁을 방문할 때도 늘 반찬 몇 가지를 만들어 부지런히 날랐다.

　일찍 홀로 되신 시어머니를 '엄마 엄마' 부르며 항상 사이좋 게 지냈는데 이유식 하나 간신히 하기 바쁜 내 눈엔 가히 경이 로운 풍경이었다.

　"유미야. 나도 생신 상 한 번 차려야 할까?"

　"언니, 언니도 며느리 하나잖아. 한 번 해드려. 내가 도와줄게. 메뉴 짜고 장만 봐. 걱정 마. 도와줄게!"

"에이. 그럼 너무 미안하고. 내가 해보고 막판에 시간 부족하면 SOS칠게!"

든든한 지원군을 믿고 호기롭게 시댁에 연락을 드렸다.

"형님들, 아버님 생신 때 다 모이세요."

"어머, 수란아. 너무 무리하는 것 아니니. 우리 그냥 나가서 사먹자."

"그래도 제가 한 번 생신 상 차려드리고 싶어서요. 너무 무리하지는 않을게요. 편하게 오세요."

며칠을 고심해서 메뉴를 짜고 요리법을 인터넷에서 알아보았다. 생각보다 즐거운 시간이었다.

'이 정도 레시피면 나도 충분히 할 수 있겠는데? 메뉴를 좀 더 늘려볼까?'

드디어 그날이 왔다. 나는 당일에 장 볼 것만 남기고 전날까지 모든 장보기를 마쳤다. 오전에 즐거운 마음으로 마트에서 마지막 장을 보고 돌아와 요리를 시작했다.

'어라?' 레시피에서는 뚝딱 만들어지던 요리 하나가 내 손을 거치니 한 시간이 걸렸다. 슬슬 심장박동이 빨라지기 시작했다. 한 시간 낮잠을 자주던 아이까지 깨어나 비명을 지르기 시작했다. '어머나 어쩌지!' 나는 얼굴이 시뻘게졌고, 아이를 아기 띠로

업은 채 냉장고 문을 여닫으며 다른 요리를 시작했다.

가스레인지를 켜는데 몸속의 모든 피가 치솟아 올라 머리는 터질 것 같았다. 당황한 내 수족은 갈 길을 잃고 덜덜 떨리며 힘이 쭈욱 빠져나갔다. 순간 핑 하늘이 뱅글뱅글 돌더니 눈앞이 하얘졌다. 난 냉장고를 붙들고 주르륵 미끄러졌다. 정신은 있었으나 없는 것과 매한가지였다.

"유미야….'

나는 간신히 옆집 엄마에게 전화를 했고 놀란 동생도 아이를 들쳐 업고 재빨리 건너왔다.

"언니. 여기 딱 누워 있어. 애들만 보고 있어."

그러고는 동에 번쩍 서에 번쩍하며 모든 요리를 뚝딱뚝딱 해치우기 시작했다. 유튜브보다 더 빠른 속도로 모든 요리들이 속속들이 완성되었다. 나는 미안함과 고마운 마음이 범벅된 채 연신 "유미 만세! 유미 브라보!"만 외치고 있었다.

시댁 식구들 도착 삼십 분 전, 나의 천사 유미는 설거지까지 다 끝내고 방긋 웃음을 날려주었다.

"유미야, 진짜 고맙다. 내가 은혜 갚는 까치가 될게, 엉엉."

"아이고 언니는 얼른 옷이나 갈아입어."

그렇게 나는 날개 없는 천사의 도움으로 처음이자 마지막 생신 상을 차렸고 다시는 생신 상의 '생'자도 꺼내지 않았다.

저질체력의 기본 마음가짐은 내가 할 수 있는 것과 없는 것을 잘 구분하는 것이다. 아무리 피곤해도 내가 해낼 수 있는 일들이 있다. 내 경우에는 정리, 청소, 책 읽기, 글쓰기, 아이 공부 봐주기까지도 해당된다. 하지만 피곤하지 않아도 할 수 없는 일들이 있다. 내 경우는 손님 초대 요리이다.

'마음만 먹으면 할 수 있어! 못한다는 건 다 핑계야!'라며 여러 번 도전해 보았지만, 늘 결과는 '내가… 대체 왜 그랬을까?'로 끝났다. 누군가의 도움을 심하게 받아야 했고 내 몸뚱이는 늘 스트레스를 감당하지 못해 정신 줄을 놓으려고 했다.

초대해 놓고 제시간에 요리를 못 끝내서 손님들이 다 같이 더운 주방에서 북적대며 일하는 민망한 광경도 여러 번 연출했다. 수차례 한국과 싱가포르에서 소중한 손님들의 시간에도 입맛에도 민폐를 많~이 끼쳤다.

음식을 뚝딱 잘하는 데다 손맛까지 좋은 친구들에게 물개 박수를 보내며 오늘도 결심한다. 이번 생에 내가 할 수 없는 일에 욕심 부리거나 무리하지 말기로.

우리...
더 이상 무리하지
말기로 해요.

피곤 ~

피곤 ~

지나올 수 있었던 것은

~~~

큰 아이의 아토피는 여섯 살 무렵 처음 시작되었다. 태열도 없이 깨끗하게 태어났고 딱히 알레르기를 보인 적도 없었는데 그렇게 갑자기 생겼다. 아토피는 팔이 접히는 부분에 제일 먼저 생겨났고, 그 다음은 목에 조금 생겼다. 그래도 몇 년간 조금씩 생기다가 마는 정도라서 크게 걱정하지 않았다. 인스턴트와 유제품을 조금씩 조심해 주면 무던히 넘어갔다.

그러다가 2020년 1월 발리로 휴가를 갔는데 아이가 서핑을 배운다고 하루 종일 뜨거운 바닷가 햇볕을 받았다. 그 이후로 아토피가 극에 달했다.

의사 선생님이 피부가 예민한 사람에겐 일광욕이 항상 좋은 것은 아니라고 얘기해 주었다. 약을 처방받고 급한 불을 껐지만,

이미 한 번 뒤집어진 몸은 제 상태로 돌아가는데 오랜 시간이 걸렸다.

그즈음 코로나가 터졌다. 싱가포르는 대부분의 물품을 수입에 의존하는 국가인데 국경이 닫히는 공포를 목격하며 사람들이 마트에서 사재기를 시작했다. 쌀, 휴지, 계란, 고기, 라면, 빵, 밀가루, 베이킹 용품들이 동이 나기 시작했다.

사람들이 몰린 곳에 가면 더 위험할 거란 생각에 사재기 현장으로 뛰어갈 수도 없었다. 한바탕 사재기 폭풍이 지나간 뒤, 이른 새벽 마트에 가보았다. 정말 쌀이 없었다. 그 충격과 공포란.

우리가 먹는 쌀 말고, 얇고 기다란 모양에 바람에 날아가게 생긴 안남미만 그것도 겨우 몇 포 남아 있었다. 아이는 아토피가 심해져서 밀가루 제품이나 유제품을 당분간 먹을 수 없는 상태였다.

그렇다면 쌀과 야채들 위주로 밥상을 차려야 하는데 야채도 제대로 수입이 안 되기 시작했고 쌀은 자주 동이 났다. 다른 면 종류나 빵을 먹어도 되는 집들이 얼마나 부러웠는지 모른다.

다행히 싱가포르 정부는 그때마다 위기를 잘 넘겨 물건공급을 원활히 해주었고, 그 뒤로도 여러 차례 사재기 폭풍이 몰아쳤지만 처음만큼 당황하거나 공포스럽지는 않았다. 모든 것은 익숙해지기 마련이니까 공포도 훨씬 더 옅은 농도로 다가왔다.

그때부터 일 년간 나의 돌밥돌밥*이 시작되었다. 자꾸만 심해지는 아토피를 잡기 위해 모든 인스턴트와 유제품을 끊었다. 고기도 먹으면 자꾸 올라와서 자주 먹일 수가 없었다. 나중에 아이는 계란까지 알레르기를 보여서 한 마디로 먹을 수 있는 거라곤 밥, 야채, 과일, 식물성 단백질 콩, 두부 정도였다.

기름을 많이 써서도 안 되었다. 나중엔 된장국도 조심스러웠다. 된장에 밀가루가 들어간다는 것을 이때 처음 알았다. 아이는 그때 가장 힘든 수험기간을 보내는 싱가포르 로컬 초등학교 6학년이었다. 공부도 하고 음식도 가려먹으며 가려운 몸을 견뎌야 하느라 고생이 많았다.

코로나로 인해 시작된 학교의 줌 수업도 체계가 잡히지 않아 어수선했다. 모든 게 정말 카오스 상태였다. 아이의 줌 수업 참여를 도와주고 짬 시간엔 이런저런 건강 강의를 듣고, 유튜브에서 비건 요리법을 열심히 뒤져가며 할 수 있는 모든 요리를 했다. 요리 똥 손인 내가 찹쌀까지 불려 말리고 가루를 내어 떡을

---

* 코로나19로 인해 아이들이 집에 머무르는 시간이 길어지면서 '돌아서면 밥을 해야 하는 주부'의 상황을 표현한 신조어

만들었다. 김치며 케첩까지 다 직접 만들었다. 온갖 정보를 찾아 영양제를 구하고, 한국에서 한약과 크림을 공수했다. 아토피에 좋다는 민간요법까지 하며 정말 안 해본 것 없이 노력했다.

먼지가 알레르기에 안 좋을까 봐 미친 듯이 청소를 하고 닦아 냈고 아이가 밤에 긁어 흘린 피가 묻은 베개며 시트를 매일매일 갈았다. 아침마다 아이의 몸에서 떨어져 나오는 각질들이 먼지 처럼 쌓였다.

그러던 어느 날이었다. 아토피 식단을 몇 개월째 적어가며 반응이 올라오는 음식들을 체크하고 영양제를 챙기고 이불을 빨 아 널고 있는데 갑자기 눈물이 왈칵 났다. 씩씩하게 너무 잘하 고 있다고 생각했는데 더는 호전되지 않았다. 아토피는 아이의 삶을 통째로 집어 삼키고 있었다. 처음으로 안 될 것 같다고 마음으로 인정했다.

'아무리 해도 안 될 것 같아. 그냥 희망이 없어.' 그러고는 펑 펑 울었다. '나 때문이야. 내가 뭘 먹인 거지. 내가 제대로 치료 를 그때그때 못해줬나 봐.' 나는 차마 입 밖에 꺼내지도 못했던 온갖 부정적인 말들을 꺼내놓기 시작했다.

"아니야. 그냥 이건 좋아지지 않을 것 같아. 이렇게 노력해도 안 되잖아. 그냥 평생 지고 가야 할 것 같아."

인정해 버리면 지는 것 같아서 한 번도 꺼내지 못했던 말들을 쏟아냈다. 무너지는 나를 보며 신랑이 다독거려 줬다.

"걱정하지 마. 네 잘못 아니야. 지금까지 잘 해왔고, 결국은 좋아질 거야."

하지만 눈물은 눈물이 멈추지 않았다. 그때 처음으로 번아웃을 경험했던 것 같다.

그날 하루 무기력과 우울감이 밀려들었지만 그게 번아웃인지 깨달을 겨를도 없이 다시 아침은 밝았고 새벽 도시락부터 밤 열두 시가 되어야 끝나는 집안일까지 하루의 루틴을 기계처럼 반복해야 했다. 그리고 기억이 안 난다. 그날 신랑의 따스한 격려와 위로로 마음을 추스른 건지, 때가 되어 아이가 낫기 시작했는지, 어떤 드라마틱한 요소가 있지는 않았는데 점점 모든 게 좋아지고 있었다.

코로나도 조금씩 익숙해져서 아이들은 등교가 가능해지고, 조금씩 더 다양한 음식들을 식탁에 올려도 아이의 몸이 버티기 시작했다. 아이의 몸이 좋아지면서 그제야 나도 온전히 예전의 나로 돌아왔다. 이제 사재기 걱정도 끝났고, 마스크 대란과 줌 수업도 지나갔으며, 아이 몸의 아토피도 서서히 사라지고 있다.

작년에 요리를 너무 많이 해서 나는 올해 요리 안식년을 누리고 있는 기분이다. 이렇게 외식을 할 수 있고, 급할 때 한 번씩은 면이나 빵으로 때울 수 있는 현실이 꿈만 같다. 물론 지금도 밀가루나 유제품은 안심할 수 없어서 늘 가려먹이긴 하지만, 작년에 비하면 정말 이 정도는 아무것도 아니다.

무엇이었을까. 모든 걸 내려놓고 싶었던, 우울증으로 치달으려던 나의 마음에 브레이크를 걸어주었던 것은. 지금도 딱히 모르겠다. 무지갯빛 미래를 꿈꾸지도 않았고 좋아질 거라고 기대하지도 않았다. 그저 하루하루 일상을 살아낸 것밖에. 어쩌면 그게 인생의 정답일까. 아무리 힘든 상황에서도 묵묵히 그날 하루만 버티며 잘 살아내는 것이.

그저 오늘 하루만
자~알 살아요 우리 。

운을
주우러 갑니다

≈

금요일이라 일주일의 긴장이 풀린 밤이었다. 아이들도 각자 TV와 컴퓨터 앞에 앉았고 나도 오랜만에 소파에 드러누워 그간 금욕했던 온라인 쇼핑을 하고 있었다. 그때 신랑이 다가왔다.

"수란아. 이것 좀 봐."

유튜브 화면을 보여주었다. 참고로 우리 신랑은 스포츠를 무지 사랑하는 사람이다. 혼자 유튜브 밖 관중석에서 최근 경기는 말할 것도 없고 지나간 시대의 명 경기들까지 매일 다시 보기하며 열광하고 안타까워하고 주르륵 감동하는 스포츠 열혈 팬이시다.

아니나 다를까 스포츠 선수 이야기였다. '아… 나 쇼핑해야 하는데' 하고 반대쪽으로 고개를 슬쩍 돌리려는 찰나, '어라? 삼삼하네?' 신랑이 틀어주는 화면 속 선수가 참 잘생겼길래 저절로 고개가 원위치되었다.

"누구야?"

"요즘 정말 뜨는 일본 야구선수야. 오타니 쇼헤이 大谷翔平 라고 메이저리그에서 활약하는데 장난 아니야. 잘생겼지?"

이런 건 또 자세히 보아야 한다. 나는 벌떡 일어나 경건한 자세로 화면을 두 손가락으로 확대했다. 190센티미터가 넘는 장신에 어깨는 그저 광활한 태평양처럼 떡 벌어져 있고 머리는 굉장히 작았다. 나중에 찾아보니 헬멧이 벗겨질 정도로 머리가 작고 어깨는 심하게 넓어서 주위 모든 사람을 '어줍이'로 만든다고 한다.

이 비율이 아시안의 체구로 가능한 것인가? 아주 예쁘고 곱상한 스타일은 아니지만 여러 화면을 보면 볼수록 반짝이는 눈과 선한 인상에 '아이고 뉘 집 아들이여. 반듯하니 잘생겼구먼' 할매스런 감탄이 절로 나올 만한 비주얼이었다.

"투타 겸업 유일한 선수다."

"그게 뭐야?"

"투수와 타자가 동시에 가능한 선수라는 거지. MLB 역사상 베이비 루스Babe Ruth 이후 처음 나온 선수야."

"야구선수면 다 그런 거 아니야? 치고 던지고?"

갑자기 할 말을 잃은 듯한 신랑은 어디서부터 이 운동 무지렁이에게 설명을 해야 하나 고민하는 눈치였으나 이내 짧게 잘라 말했다.

"어. 다 안 그래. 그렇게 못해."

"아~ 그래서 유명하구나. 잘생기고."

"근데 얘가 인성도 좋아."

"그걸 어떻게 알아?"

신랑은 말없이 재생 버튼을 눌렀다. 화면 속 오타니 쇼헤이는 이십 대 슈퍼스타 선수인데도 구장 내의 쓰레기도 줍고 다니고 부러진 상대방의 배트를 주워 배트 보이에게 가져다주었다. 심판이나 팀원들 모두에게 예의 바른 모습이었다.

고등학교 때 작성했다던 만다라트*를 보여주는데 꽤나 인상적이었다. 몸만들기, 제구, 변화구, 멘탈 관리 등 여러 목표 분야 사이에 운의 영역이 있었고, 그 운의 영역에는 쓰레기 줍기와 인사하기, 야구부실 청소 등이 적혀 있었다. 그리고 인터뷰하는

---

* 연꽃 기법, 브레인스토밍을 확장하여 아이디어를 구하는 방법으로 많이 쓰인다.

기사가 떴다.

"왜 쓰레기를 주우시나요?"

그는 미소 지으며 답했다.

"저는 다른 사람이 버린 운을 줍습니다."

저런 마음으로 쓰레기를 줍는 젊은이라면 성공할 수밖에 없지 않겠는가. 발밑에 떨어진 쓰레기들을 보며 인상을 찌푸리며 줍는 사람과 그것을 남들이 떨어뜨린 운이라고 생각하며 줍는 사람.

같은 행동을 해도 어떤 의미를 부여하느냐에 따라 마음가짐이 달라지고, 마음가짐이 달라지면 인생은 조금씩 변화하기 시작한다는 것을 어린 나이에 깨달은 게 신기했다.

친구에게 말하니 일본 만화《중쇄를 찍자! 重版出来!》에 비슷한 내용이 나온다고 한다. 내용의 배경인 출판사 사장이 휴지도 줍고, 쓰러진 자전거도 세우고, 신호도 꼭 지키며 자신이 절대적으로 바라는 모든 책의 중쇄를 찍기 위해 운을 모은다고. 어쩌면 오타니가 그 이야기에 감명을 받은 것은 아닌지 모르겠다.

얼마 전 친구가 타로 카드점을 보았는데 마지막에 덧붙여 화장실 청소를 열심히 하라고, 그럼 집안일이 잘 풀린다고 했다고 한다. 그 얘기를 들을 땐 화장실 더러운 거 어찌 알았지 하며 둘

다 킥킥 웃었지만 그날 이후로 친구는 화장실 청소할 때 마음가짐이 달라졌을 것이다. 청소할수록 집안일이 잘 풀리는 상상을 하며 그 전보다는 좀 더 기분 좋게 정성을 들여 하지 않았을까.

반복되는 일상에서 내가 마음가짐을 달리해야 하는 건 무엇이 있을까 생각해 본다. 귀찮은 다림질을 할 때 상사에게 시달려 구겨진 남편의 마음이 한 뼘 펴질 거라는 생각, 현관 앞 먼지를 쓸면 좋은 소식들이 집 앞으로 찾아올 거라는 생각, 평범한 일들에 조금 엉뚱한 의미를 부여해 보면 손놀림에 작은 기쁨이 묻어날 것만 같다.

실천 편으로 주말에 아이들과 공원으로 운동하러 나가서 여기저기 널린 운들을 줍는 것부터 기분 좋게 시작해 봐야겠다.

" 남들이 떨어뜨린 운을 줍습니다. "

— 야구선수, 오타니 쇼헤이

숨고
싶은 날

~~

초등학교 3학년 때 장난이 심한 남자애가 있었다. 그 녀석은 여자애들을 정말이지 너무 괴롭혔는데, 나는 하필 키도 작고 약해서 더 자주 공격의 대상이 되었다.

그 애보다 키가 컸던 한 여자애는 그 애가 괴롭힐 때마다 용감히 맞붙어 복도에서 뒹굴고 싸웠는데, 그걸 지켜보는 내 가슴은 콩닥거리면서도 얼마나 속이 다 시원하고 그 친구가 멋져 보였는지 아직도 생생히 기억난다.

어느 뜨거운 여름날, 또 그놈에게 엉덩이를 걷어차였다. 그때 엉덩이에 뾰루지가 나 있어서 잘못 앉기만 해도 불에 덴 것처럼 따갑고 아팠는데 하필 그 부위를 걷어차인 것이다.

나는 엉엉 울었고, 사실 조금 더 오버해서 집에 와서도 아프다고 학교 가기 싫다고 마구 울었다. 언제 또 공격당할지 모를 긴장감과 두려움에 영영 그 남자애로부터 숨고 싶었다. 물론 엄마는 조금도 받아주지 않을 거라는 걸 알고 있었지만 말이다.

엄마는 보통 '그래도 학교는 가야'라고 딱 잘라 말하는 스타일이었는데 그날만큼은 달랐다.

"그럼, 학교가지 말까? 걔는 왜 그러냐. 엄마가 막 혼내줄까?"

전혀 예상치 못한 엄마의 대답에 '엥? 우리 엄마가 왜 이러시지? 좋다고 해도 되나?' 생각하는 동시에 '진짜 학교를 못 가게 되면 어쩌지?' 하는 복잡한 마음으로 일단 고개를 끄덕였던 것 같다.

엄마는 아이 셋을 키우고 일도 하느라 늘 바빴는데 그날은 웬일인지 여유로워 보였다. 잠시 실직 상태였거나 월차를 쓴 날이었는지도 모른다.

나에게 무릎베개를 해주던 그날 오후, 엄마의 얇고 구불거리는 갈색 머리카락 사이로 쏟아지던 따스한 한낮의 햇살까지 기억난다. 그건 내가 마음에 품고 있는 어릴 적 엄마의 기억 중 최고의 기억이다. 그때 엄마는 어린 내 마음을 처음이자 마지막으로 제대로 읽어주었던 것 같다.

지금이야 육아에 관한 책과 콘텐츠가 쏟아져 나오고 금쪽같은 내 새끼의 마음을 어떻게 읽어줘야 하는지 세세한 예문까지 쉽게 찾아볼 수 있지만, 그 당시 부모님 세대는 그런 교육을 받아본 적도 없으니 그저 본능대로 자식들을 대했을 것이다.

물론 엄마는 선생님께 전화를 하거나 그 애를 혼내주지도 않았다. 그저 내 엉덩이의 뾰루지에 약을 발라주던 게 전부인 단 하루의 기억이지만, 그때 위로받은 내 마음은 신기하리만큼 지금까지도 생생히 기억하고 있다.

도망가고 싶었던 날, 엄마의 치마폭에 숨어도 된다는 안도감을 받은 나는, 바로 그다음 날 씩씩하게 눈물을 닦고 학교에 갔다. 가끔 그날이 떠오르면, 학교에서 속이 상해 온 아이들에게 '왜 그랬어? 그럼 안 되지'라고 말하는 나를 반성한다. 그러나 쉽게 고쳐지지 않고 여전히 그 말이 먼저 튀어나오는 것이 현실 육아다.

'속상했겠다. 걔 진짜 나쁘다'라며 일단 아이의 감정을 먼저 읽어주고 아이의 편이 되어주는 엄마가 되고 싶다. 훗날 아이들이 자라 세상에서 숨고 싶은 날이 올 때, 든든하고 따스했던 엄마의 치마폭을 떠올리며 '그래, 이까짓 거 뭐' 하며 씩씩하게 눈물을 닦고 나아갈 수 있게 말이다.

숨고 싶은 날은,
내가 너의
나뭇잎이 되어줄게.

@라라라w

PART 5

마흔에는
더 재밌게
살아야지

주변 사람들이
다 이상해 보인다면

~

북클럽 멤버 중 한 분의 추천으로 최인철 교수님의 《아주 보통의 행복》을 읽었다. 우리 북클럽 이름은 〈Better than nothing〉인데, 이름처럼 '아무것도 안 하는 것보다는 낫지 않니' 뭐 이런 뉘앙스로 느리게 느리게 각자의 속도로 각자의 목표에 맞춰 취향대로 책을 고르고 후기를 올린다. 나라면 고르지 못했을 다양한 책들을 구경하는 재미가 있다.

한 멤버가 경제 관련 서적에 빠지면 나 같은 경제 초짜도 어깨너머로 어설프게 그 맛을 보고 귀동냥을 한다. 심리학, 과학, 동화 관련 등 그렇게 다양한 책 취향들을 보는 재미가 쏠쏠하다. 혼자서도 즐거운 독서지만, 누군가와 함께 하면 나의 세계가 한 뼘 넓어지는 경험을 해서 좋다.

책 토론도 하지만 주로 만나기 전 무엇을 먹을까 진지한 토론이 오간다. 그토록 진지하면서도 즐거울 수 있는 주제도 드물다. 만나서 책 이야기로 가볍게 입을 풀고 우리는 정신없이 일상을 나눈다. 주제는 정말 버라이어티해서 한 인간이 하나의 우주라는 말이 와 닿을 만큼 다섯 개의 우주에서 각자 일어나고 있는 이야기들이 폭발한다. 빅뱅 저리 가라다.

우리가 폭발할 수 있는 이유는 뭘까. 바로 이 안이 안전하다고 느끼기 때문이 아닐까 싶다. 오랜 경험을 통해 이 안에서는 내 이야기가 비판을 받거나 충고를 들을 거라는 마음의 불안감을 내려놓을 수 있어서일 것이다.

우리는 독서 후기를 글로도 남기지만, 1-2분 정도로 낭독하고 싶은 부분을 골라서 녹음 후기를 남긴다. 먼저 이 책을 읽은 멤버의 목소리가 내 귀에 꽂혔다.

주변 사람들이 다 이상해 보이기 시작한다면, 나이가 들고 있다는 증거다. 노안이 신체적 노화의 신호라면, 주변 사람들이 이상해 보이는 것은 정신적 노화의 신호이다. 점점 나이가 들수록 세상은 극소수의 정상적인 사람과 대다수의 이상한 사람들로 구성되어 있다고 믿게 된다.

-최인철,《아주 보통의 행복》

언젠가부터 이십 대에는 없었던 마음의 장벽이 세워지기 시작했다. 한 번 사람에게 크게 실망을 한 후, 사람마다 조금씩 이상한 구석이 있다고 느껴지기 시작한 때부터였다.

그 이후로 읽기 시작한 심리학책들은 죄다 내가 가장 중요하니 나부터 보호해야 한다고 했다. 그런 책을 읽을 때마다 그렇지. 내 마음이 우선 중요하지. 예전엔 남을 먼저 배려하던 마음이 우선이었는데 이젠 내 마음을 지키기 위해 조금씩 장벽을 쌓고 있었다. 그러고 나서는 사람들을 쉽게 단정 지었다. 괜찮은 사람, 가끔 이상한 사람, 많이 이상한 사람.

삶은 좀 더 단순해졌다. 모든 사람은 가족조차도 내가 이해할 수 없는 구석이 있으니 그냥 편하게 내버려 두자. 나도 누군가에겐 이상할 테니까 하면서 이해가 안 가면 그런가 보다. 또 저런 면이 있네 하고 넘어가기 시작했다. 그러다 그 이상한 부분이 점점 눈에 걸리고 나를 불편하게 하면 한 발짝 물러서서 거리를 두었다.

사람은 적당한 거리만 두면 다들 괜찮아 보였다. 그리고 이것이 바로 인간관계에 있어서 인생의 정답이라는 생각이 들었다. 그런데 나만 그렇게 느낀 건 아니었나 보다.

며칠 전 친구와 이야기를 나누다 이런 주제가 나오자, 친구가 언니와 함께 나눈 카톡방 대화를 보여줬는데 언니의 푸념이 적혀 있었다.

-요즘 만나는 사람들이 다 왜 그러냐. 괜찮아 보여 친해지면 어딘가 이상한 구석들이 꼭 있어. 그래서 더 친해지다 말어. 피곤해.

어제 만난 언니도 비슷한 이야기를 해주었다.

"그냥 적당히 지낼 때는 다 서로에게 좋은 사람인 거야. 깊어지면 문제지."

마흔이 넘어 이 정도 나이가 되면 적당히라는 단어에 익숙해지는 것 같다. 하지만 뭐든 '적당히!'라고 외치면서도 동시에 마음속 깊은 곳에는 여전히 허심탄회하게 또 가식 없이 온전히 나를 드러내고 깊이 신뢰할 수 있는 누군가를 그리워한다.

내가 실수했을 때 그걸 꼬투리로 잡아 가십을 만들지 않고 '뭔가 이유가 있겠지. 그런 애 아닌 거 알잖아' 하고 감싸줄 수 있는. 나 역시 잠시 서운할 일이 생기더라도 '지금 좀 힘든가 보다'라고 너그럽게 슬쩍 지나쳐줄 수 있는 관계. 슬픔을 나누는 건 누구에게나 오히려 쉽다 하니, 기쁜 일이 생겼을 때 진심으로 질투 없이 축하해 줄 수 있는 관계. 오해 없이 믿을 수 있는 관계들 말이다.

주변 사람들이 다 이상해 보이기 시작한다면 자기 자신도 타인의 눈에는 이상하게 보인다는 점을 깨달아야 한다. 추가로, 자신에게 정신적 노안이 왔음을 인정해야 한다. 사람을 보는 눈이 흐려진 것이다. 세상은 여전히 좋은 사람, 더 좋은 사람 그리고 정말 더 좋은 사람들로 넘쳐난다.

-《아주 보통의 행복》

최인철 교수님의 말이 사실이었으면 좋겠다. 나의 눈이 흐려진 것이고 세상은 여전히 좋은 사람이 넘쳐난다는 그 말을 믿고 싶다.

노안이 올수록 멀리 푸른 것들을 보는 연습을 하고 눈을 쉬어주며 눈 영양제를 잘 챙겨 먹어야 하듯이, 정신적 노안이 왔다면 한 발짝 뒤로 물러서서 좋은 면을 보는 연습을 하고, 비판의 눈을 쉬어주며, 세상은 여전히 좋은 사람이 넘쳐난다는 믿음의 영양제를 잘 챙겨 먹어야 한다.

덧붙여 나이가 들수록 인간관계에 지쳐 호구가 될까 봐, 또 상처를 받을까 봐 내 안에 자꾸만 숨어드는 좋은 사람의 면모를 두려움 없이 드러내는 용기를 가지고 싶다.

요즘 같은 시대에는 친절도 오해를 살 수 있기에 함부로 손을 내밀지 못하다가 누군가 서슴없이 친절의 손을 내미는 모습을 보면 속으로 '브라보!'를 외치며 감동한다. 내 속의 선한 기운도 같이 스며나온다.

그가 나에게, 내가 다른 이에게, 그 선한 기운을 코로나 바이러스보다 더 강력하게 옮겨주면 정신적 노안도 더디 올 텐데 말이다. 생각보다 더 좋은 면모가 우리 안에 숨어 있고 그걸 스스럼없이 서로에게 드러낼 때 우리 모두는 행복해질 수 있다. 말은 쉽지만, 노력과 연습이 필요한 일이다. 세상은 여전히 먼저 손 내밀려고 노력하는 사람들 덕분에 이따금 훈풍이 분다.

주변 사람들이
다 이상해 보인다면,
마음의 선글라스를
벗어보세요 ~.

@ 라나라나

아재 개그
취향입니다

~~

예전에 '때껄룩'이란 유튜버의 플레이리스트 음악을 즐겨 들었다. 또 하나의 즐거움은 댓글들이었다.

-때껄룩 님. 음악이 너무 허전한데요.... 명불허전.

-때껄룩 님. 이거 너무 버블 아닌가요.... 언빌리버블.

-이거 들으면서 수학 문제 푸는데 사다리꼴과 썸 타는 기분이에요.

-회사 지각했는데 그루브 타면서 들어가고 있어요.

-할머니께 틀어드렸더니 문워크로 나가시네요.

한국 사람들의 센스가 얼마나 좋은지 정말 놀랍다. 카피라이터이자 《헛소리의 품격》의 저자 이승용 작가도 유튜브의 댓글을 보며 나와 똑같이 느꼈는지 비슷한 댓글을 예로 들며 '대한 민국 전 국민 카피라이터 설이 진짜라는 확신이 절로 들었다'라 고 했다.

《헛소리의 품격》은 첫 장부터 옛날 유머가 나오는데 너무나 내 스타일이라 아주 빵빵 터지며 읽었다.

바로 지역명 개그다.

'그렇게 생각한다면 경기도 오산입니다~'

'이런 글 자꾸 올리면 경기도 성남!'

'이제 말장난 좀 하지 마산!'

'지금 뭐 하남!'

'바람이 많이 부는 동네는? 분당~'

-이승용,《헛소리의 품격》

아, 이런 게 아재 개그인가. 드디어 나의 정체성을 찾은 건지 난 아줌마가 아니라 아재였나 보다. 아재처럼 바지를 걷어붙이 고 너무 재밌어서 쓰면서도 껄껄대고 있다.

가끔 심심할 때 아이폰 시리Siri에게 아재 개그를 부탁하는데 시리가 아재 개그를 할 줄 안다는 건 아마 많은 분들이 모를 것 이다. 나조차도 혹시 시리가 아재 개그라는 단어도 알까 궁금해서 물어보다 알게 되었으니 말이다. 지금 실시간으로 시리에게 말을 걸어 얻은 아재 개그를 공개해 보겠다.

"시리. 아재 개그 해줘."

"세탁소 주인이 좋아하는 차는? 구기자차."

"또 해줘."

"모두를 일어나게 하는 숫자는? 다섯."

"임금이 집에 가기 싫을 때 하는 말은? 궁시렁~ 궁시렁~."

"비가 한 시간 동안 내리면? 추적 60분."

"차가 다니는 도로에 갑자기 사람이 뛰어들면? 카놀라유."

"시리야. 내가 정말 너를 시리어스하게 사랑한다…."

말 개그를 좋아하는 일인으로서 나중에 유머러스한 AI 휴머노이드가 개발된다면 홀라당 사랑에 빠질 것만 같다. 개인적으로 일상의 가장 중요한 것 중 하나는 유머라고 생각한다.

수많은 자잘한 근심 걱정들 속에서 허우적거릴 때 나를 구원해 준 것은 진지한 해결책이 아니라 헛웃음 짓게 만드는 유머인 적이 많았다. 웃고 나면 아이고 그래, 그냥 웃고 넘어가자 생각이 들었다. 웃어버리며 일단 굳었던 얼굴 근육을 풀어주는 것만으로도 잔뜩 힘이 들어가 있던 몸과 뇌의 긴장이 훅 풀어지는 게 느껴진다. 그러고 나면 근심의 무게도 한 근 덜어진 기분이다.

《헛소리의 품격》에 '시고르자브종'이란 개의 품종에 대한 이야기가 나온다. 작가님은 똥개라는 말이 싫어서 믹스견이나 다른 단어를 찾고 있었는데 어디선가 '시고르자브종'이란 품종에 대해 듣게 된다.

> 프랑스 남부의 드넓은 목초지에서 양들과 함께 초원을 누비는 럭셔리한 강아지의 모습, 파리지앵이 목줄을 손에 쥐고 에펠탑 밑에서 산책하는 풍경이 절로 떠오른다. 알고 보니 '시골 잡종'이라는 기존 표현을 유러피안 느낌으로 장난스레 바꿔 발음한 것이다.
>
> —《헛소리의 품격》

'시고르자브종'이라니, 얼마나 유머러스하면서도 센스 넘치는 작명인가. 이렇게 말과 글 곳곳에 우리에게 웃음을 안겨주는 장치들이 숨어 있어, 언어 속에 담긴 유머를 사랑할 수밖에 없다.

한때 광고 보는 걸 너무 좋아해서 나의 운명은 카피라이터가 아닐까 싶어 광고연구원에 등록해 다닌 적이 있었다. 직장이 끝나면 저녁도 대충 때우고 가서 두세 시간 광고계의 유명인사 분들의 강의도 듣고 팀별 과제도 하는 등 여러 재미있는 프로그램에 참여했다.

당시 광고학과에 다니거나 광고계의 취업을 꿈꾸는 젊은 대학생들이 대부분이었고, 나 같은 직장인은 손에 꼽을 정도였다. 거의 왕언니 수준이라 나이 많은 게 좀 부끄러웠던 기억도 난다. 세상에 지금 생각해 보니 겨우 스물일곱? 귀여운 아기였는데 말이다.

팀워크를 할 때 젊은이들 하라고 뒷방 노인처럼 앉아서 의견을 밀어주느라 적극적으로 참여하지 못했다. 따로 원하는 사람만 모아 운영되던 수필반에서 오히려 신나게 글을 썼다.

선생님은 내 글을 보고 웃으며 '수란이는 콩트를 써봐라' 하셨다. 콩트라고 하니 반원 모두가 웃고 넘어갔는데 마음 한구석엔 그 말을 간직한 채 '난 평생 진지한 글은 못 쓸 거야' 서글프게 생각한 부분도 없지 않다.

사실 진지한 글보다는 피식 웃을 수 있는 글에 늘 더 매력을 느꼈으니 지금 생각해 보면 선생님은 오랜 경험으로 본인의 취향을 찾아가는 글쓰기를 안내해 준 것 같다는 생각이 든다.

많은 글을 읽고 또 나만의 글을 쓰다 보면 내 안의 흐릿했던 취향들이 점점 선명해지는 걸 느낀다. 언젠가 나만의 책을 쓰고 싶은데 어떤 책을 써야 할지 잘 모르는 이들은, 물건을 만졌을 때 설렘이 있는지 없는지를 정리의 기준으로 잡는 일본의 정리 전문가 곤도 마리에近藤 麻理恵처럼 어느 책을 읽을 때 가슴이 설레는지 생각해 보면 답이 나온다. 그 설렘이 바로 나의 취향이고, 또 내가 쓸 수 있는 글이기도 하다.

이승용 작가가 '일하면서 즐겨먹는 회가, 후회'라고 한 말에 다시 한 번 피식 웃음이 나온다. '저 역시 글 쓰면서 제일 먹기 싫어하는 감은, 마감이에요'라고 혼잣말로 대꾸하면서 내가 쓸 수 있는 글을 쓰자, 완벽하지 않아도 좋으니 하고 싶은 이야기를 나만의 말투로 진솔하게 전달하고 싶다는 생각을 하며 오늘도 키보드를 타닥타닥 두드려 본다.

떠나보낼 수
없는 것들

~~

만국기가 펄럭이던 초등학교 가을 운동회였다. 청군 백군 머리띠를 두르고 양 팀의 치열한 응원이 쏟아졌다. 스케치북에 적은 응원가를 넘겨가며 우리는 목이 터져라 각자의 팀을 응원했다.

"따르릉따르릉 전화 왔어요. 백군이 이겼다고 전화 왔어요. 아니야, 아니야 그건 거짓말. 청군이 이겼다고 전화 왔어요."

친구들보다 학교를 한 살 일찍 들어가 몸이 작고 가벼웠던 나는 가장 자신 있는 종목이 달리기였다. 공기의 저항을 덜 탔는지 큰 요령이 없이도 잽싸게 달릴 수 있었다.

그런데 그 가을, 나보다 더 작은 아이가 나타났다. 키는 작지만 나보다 통통했고 가을볕 아래 결승선을 바라보는 눈빛은 이

글이글 불타올랐다. 그 아이는 달리기의 요령까지 체득한 것처럼 보였다.

둘 다 숏다리였지만, 그 아이의 보폭은 이상하리만치 컸고, 아무렇게나 휘휘 내두르는 내 팔보다 더 계산된 듯한 각도로 절제 있게 앞뒤 같은 간격으로 움직였다.

'땅!' 소리가 나면 시원하게 바람을 가르며 앞서 있는 아이들을 한 명씩 뒤로 보내는 쾌감이 있었다. 그런데 어쩐 일인지 그날은 아무리 애를 써도 나보다 작은 아이를 따라잡을 수가 없었다. 두 발에 온 힘을 실어 땅이 꺼져라 구르며 박차고 나아갔지만, 여전히 간격을 좁히지 못하고 있었다.

이제 저 앞에 결승선이 보이는데, 내가 힘껏 배를 내밀며 1등으로 치고 나갔던 그 줄인데, 양 갈래 머리의 뒤통수가 떡하니 내 앞을 가로막고 있었다. 손을 뻗으면 닿을 거리에 있던 그 간격을 결국 줄이지 못하고 1등 자리를 내어주었다.

선생님이 팔목에 2등이라는 도장을 찍어주는데 정말 씁쓸했다. 태어나서 처음 느껴본 감정이었다. 아무리 노력해도 안 되는 게 있다는 걸. 그래서 그날의 기분이 열 살도 채 안 되었을 내 어린 가슴속에 생생히 새겨졌다.

이와 비슷한 두 번째 기억은 고등학교 특별활동 시간이었다. 글과 관련된 동아리는 문예부와 교지 편집부 두 개가 있었는데 난 책을 만들어 보고 싶어서 주저 없이 교지 편집부를 택했다. 이과임에도 문학소녀였던 나는 동아리의 활동 중 아이들의 원고를 모아 읽고 싣는 일을 참 좋아했다.

한참 교지 편집 작업이 마무리돼 갈 즈음, 어느 대회에선가 상을 받았다던 문예부 3학년 선배의 글이 도착했다. 그 글을 읽으며 느꼈던 전율이 아직도 생각난다.

'아… 이 감동은 뭐지….'

무수히 많은 책 속에서 느꼈던 작가들에 대한 경외심 말고, 내 눈앞에 살아 있는 나와 같은 십 대 언니가 글을 이렇게 소름 돋도록 잘 쓸 수도 있구나 하는 생각이 들었다.

그 원고를 수십 번도 넘게 읽으며 제일 좋았던 마지막 문장을 외우다시피 했고, 그 언니가 옆을 지나가면 나도 모르게 언니에 대한 경례를 하고 싶었다. 그날의 기분도 생생하다. 아무리 노력해도 이런 재능은 내가 따라갈 수 없을 거라는 기분.

어린 시절 아무리 노력해도 안 되었던 게 어디 그 한두 가지였겠는가. 고무줄놀이부터 수수깡으로 집 만들기, 롤러스케이트 뒤로 타기, 팝송 따라 부르기 등 안 되는 건 여기저기 널려 있었다. 그럼에도 유난히 그 두 기억이 어린 내 가슴에 남은 건 아마도 내가 잘하는 분야라고 생각한 데서 오는 현타였던 것 같다. 대학생 이후로는 아무리 노력해도 안 되는 일들이 세상에 너무나 많다는 걸 깨달아서 충격도 덜했다.

"난 있잖아. '해보고 아님 말고'가 내 삶의 모토야. 시도해 본 게 어디야."

셀프 충격 방지 쿠션을 장착하고 쿨한 척 말하고 다니기도 했다. 세월이 흘러 노력해도 안 되는 것들은 다 떠나보냈다. 그렇게 떠나보냈는데도 다시 돌아온 것들이 있다. 바로 글쓰기이다.

노력해도 안 되는 건 여전하지만 내가 정말 좋아한 것이어서 돌아왔나 보다. 그리고 내 가슴을 뛰게 했던 달리기. 이젠 누군가를 이기기 위함이 아닌 달리기의 순수한 즐거움을 맛볼 수 있는 나이인 것도 마음에 든다.

내 부실한 도가니만 잘 받쳐주길 바라며 최근 달리기를 시작했는데 안타깝게 무릎 부상을 입어서 잠시 쉬고 있다. 열정은 넘쳤으나 요령이 부족했던 모양이다. 회복되고 나면 아장아장 느리더라도 다시 잘 시작해 보고 싶다. 떠나보낼 수 없어 다시 돌아온 것들에 대해 더욱 진심이고픈 요즘이다.

떠나보낼 수 없는 것들의 공통점

1. 늘 나의 시선과 마음을 끈다.

2. 자꾸 눈앞에 나타난다.

3. 하면 재미있을 것 같다는 생각이 든다.

@라나라나

나랑
별 보러 가지 않을래

≈

얼마 전 글쓰기 모임에서 고등학교 시절 짝사랑 추억에 빠져 글을 쓰고 나니 온몸의 연애세포들이 근질근질거리기 시작했다. 보통은 글을 쓰고 나면 첫 번째 독자로 신랑을 보여주었는데 이번엔 안 보여줬다.

이런 주제로 쓰고 있다고 말을 했더니 "그래?" 역시나 별 반응도 없었다. '별로 궁금하지 않다는 분위기로 밀고 나가겠다 이거지…' 이럴 줄 알았음 더 찐하게 쓸 것을 아쉬웠다.

조용히 음악을 들으며 달밤 산책을 나갔는데 이어폰 속에서 가수 적재가 '나랑 별 보러 가지 않을래' 하는 목소리가 너무나 달콤했다. 혼자 심쿵 하며 걷다 보니 갑자기 마구 달리고 싶어졌다. 사랑하는 사람이 별 보러 가자면 이렇게 당장 달려갈 수 있을 것만 같았다.

보통 달밤 산책할 땐 느릿느릿 걷는데 오늘은 글의 여운과 감미로운 목소리에 십 대의 영혼을 순간 장착한 마흔의 몸뚱이는 신이 나서 동네를 아주 여기저기 마구 휘젓고 뛰어다녔다. 어디서 그런 에너지가 났는지. 땀이 주르르 흘러 눈물처럼 볼에 닿은 순간, 숨을 고르면서 생각해 보았다.

옛 추억에 관한 글을 왜 쓰는가. 그딴 과거 이야기 꺼내서 무엇에 쓸 것인가. 부부 사이에 도움이 되는 것도 아니고, 오히려 불화를 초래할 수도 있는 그런 혼자만의 추억 여행이 대체 오늘의 삶에 무슨 영향을 준단 말인가. 이런 글 써서 뭐하나 이성적으로는 '시간낭비야'라고 말하고 있는데…. 내 심장은 왜 이러는 건지 모르겠다.

오랜만에 느껴보는 설렘이었다. 그동안 오래 잊고 살았던, 누군가를 좋아하기 시작할 때 느끼는 그 설렘 말이다. 우리 모두 십 대의 감수성이 터지던 귀밑 3센티미터 단발머리 소녀 시절이 있지 않았던가.

난 검은 하늘 아래를 팔딱팔딱 이리저리 뛰어다닐 정도로 에너지가 넘쳤고 양 볼은 발그레해졌다. 추억이 나를 생동감 있게 잠시 비타민 주사라도 놓아준 것만 같았다. 이 설렘, 미소, 젊음이 잠시 내 몸에 머물다 간 듯한 활력. '아하, 이것이 옛 추억이 건네는 선물이구나.' 그길로 신랑에게 뛰어 들어가 말했다.

"오빠. 이 노래 좀 해줄래? 기타도 쳐주라."

"어… 근데 이 노래는 나랑 목소리 톤도, 굵기도 달라."

"나 이거 들으면서 막 뛰어다녔다."

신랑이 어디 아픈 거 아닌지 하는 눈빛으로 빤히 쳐다보더니 말했다.

"진짜, 니 아줌마 다 되었구먼. 젊은 애들 목소리가 그렇게 좋냐."

"어 너무 좋아. 막 설렌다."

사랑 이야기는 사람들의 마음을 설레게 만든다. 그래서 그토록 오랜 시간 동서양 고금을 막론하고 모든 문화와 예술의 주제가 되었을 것이다. 마흔 넘은 아줌마가 어디 가서 설레고 오겠는가. 쓸데없이 아무 데서나 설레면 더 큰일 나지. 차라리 드라마나 소설, 그리고 나의 추억 속에서 설레는 게 낫지 싶다.

"요즘 드라마 작가나 피디들이 다 우리 나이라서 그렇게 와닿는 게 많나 봐."

"그치. 〈응답하라〉 시리즈나 〈슬기로운 의사생활〉 다 우리가 공감하는 노래, 이야기잖아. 지금 우리 나이가 각 분야에서 가장 한창때인 거지."

"아. 그럼 십 년 이십 년 뒤엔 드라마도 많이 다르게 느껴지겠다."

"그럼. 우리 애들 또래가 드라마를 만든다면 이렇게 쓰겠냐."

"그렇구나. 그럼 지금 우리 나이는, 드라마 즐기기 가장 좋은 나이구나."

문득 신랑과 연애를 하다가 결혼까지 못 가고 헤어졌다면 어땠을까 생각해 본다. 그럼 어느 날 갑자기 당신과 함께 본 영화를 TV에서 본다던가, 라디오에서 당신이 불러주던 노래를 들으면 잠시 멈춰 서서 그날의 우리 추억과 당신을 떠올리겠지. 그런 날 밤 또 설레어서 동네를 뛰어다니고 있을지도 모르겠다.

갑자기 다행이란 생각이 들었다. 신랑과 헤어지지 않고 이렇게 옆에서 애를 둘이나 낳고 거지꼴도 다 트고 같이 나이 들고 있어서. 비록 설레임은 옛날 같지 않지만 말이다.

'오빠. 앞으로도 여러 날 동안 나와 함께 별 보러 가지 않을래? 나이 들어도 쭈글쭈글한 손잡고 말이야.'

두 번째 마흔 살에도, 우리 같이 별 보러 가자.

@라나라나

왜 하필 VS
이만하면 다행이야

~~

어제 신랑이 갑자기 고기를 사 온다는 문자를 보냈다. '무슨 일이지?' 늘 장은 내가 보기 때문에 갸우뚱했지만, 직장 동료가 저렴한 로컬 정육점을 알려줬나 보다 싶어 더는 묻지 않았다.

퇴근 후 집에 돌아온 신랑의 손엔 일반 마트에서 산 게 확실히 아닌 듯한, 싱가포르 재래시장인 웻마켓wet market에서 볼 수 있는 다홍색 비닐봉지가 들려 있었다. 그 안에는 부위를 알 수 없는 소고기 두 팩이 담겨 있었다.

가격을 보니 현지 마트보다는 조금 저렴했다. 큰일을 해낸 것처럼 신나게 웃으며 봉지를 흔들어 대며 들어왔어야 할 그의 얼굴이 어두웠다.

"오빠 싸게 잘 샀네. 근데 왜 이렇게 심각해."

"저기… 이거 사러 처음 가보는 곳 갔다가 주차장 기둥을 못 보고 차 긁었다. 왜 하필 거기에 기둥이…."

참고로 우리 차는 산 지 일 년밖에 안 된 새 차였고, 그 일 년 동안 신랑은 자신의 애마인 새 차를 부인보다 더 아껴서 나에게 차 키를 잘 넘기지도 않았다.

'아이고, 내 그럴 줄 알았다. 그냥 하던 대로 하지. 왜 안 하던 짓을 해서 사고를 쳐.' 목구멍까지 치밀어 오르는 잔소리를 꾹 눌러 참았지만 내 잿빛 얼굴과 눈빛은 이미 신랑에게 마음의 소리를 들려주고 있었다.

그런데 신랑이 차를 안 긁어왔으면 어땠을까 하는 생각이 들었다.

"와, 역시 맨날 사던 곳에서만 사면 안 돼. 새로운 곳도 시도 해봐야지. 어머~ 너무 싸게 잘 샀다. 고기도 좋아 보여."

이러지 않았을까?

분명 '새로운 시도'와 '안 하던 짓을 하는 것'은 처음 시작할 때의 설렘과 도전, 용기라는 똑같은 마음인데 결과에 따라 칭찬을 듣던가 아니면 욕을 먹는다.

이왕 이렇게 된 거 맛있게 먹자며 고기를 구웠는데, 세상에! 고기 맛에 깜짝 놀랐다. 다시는 안 사 먹을 누린내가 진동했다.

잿빛 같던 신랑의 얼굴이 더 심하게 칠흑 같은 밤처럼 어두워졌다. 그런데 순간 한 줄기 반짝이는 희망이 비쳤다.

"괜찮아."

"뭐가?"

"나 이번에 차 보험들 때 자차도 들었고, 또 사고가 나도 한 번은 봐줘서 보험료 안 오르는 그걸로 해놨어."

얼굴에 드리웠던 밤의 장막이 한꺼번에 거쳤고, 고기 맛은 하나도 중요하지 않다는 듯 미소까지 번졌다.

"보험들 때 이렇게까지 해야 하나 살짝 고민했는데 나 너무 잘한 거 같다."

'왜 하필 이런 일이 나에게…'로 시작했다가 '나 너무 잘한 것 같아'로 나름 이 사태를 긍정적으로 마무리하려는 그의 설득력 가득한 눈과 마주쳤다.

"진짜 잘 했네…. 허허."

좀 전에 오미크론의 거센 물결 속에서 아직까지 무사히 버티고 계신 한국의 부모님과 통화를 했다.

"그래도 오미크론 걸리면 십만 원 준다더라."

엄마의 무심한 듯 덧붙이는 이야기 속에 '혹시 걸리더라도 좋은 점은 있어'라는 뉘앙스를 느꼈다. 나쁜 상황이 찾아와도 그 안에서 어떻게든 긍정적인 한 가닥의 동아줄을 붙잡는다. 힘겨운 상황들 위로 묵묵히 시간이 흐르길 바라며 버텨 온 칠십 년 넘는 세월의 비법일 것이다.

외국에 나와 살면서 국내에서는 겪지 않아도 되는 힘든 일들이 자주 생겼다. 그럼에도 그 시기들을 잘 넘길 수 있었던 것은 우리 가족이 긍정적이어서가 아니라 긍정적이지 않으면 그 상황을 버텨낼 수 없었기 때문이다. 아무것도 할 수 없는 그 상황에서 할 수 있는 게 최대한 좋게 생각하는 수밖에 없어 그렇게 버텨온 것 같다.

이제 마흔을 넘어 인생의 후반전으로 갈수록 더 빈도수 잦게 빵빵 터지는 사건 사고의 지뢰밭을 지나면서, 긍정까지는 아니더라도 최대한 빠르게 사고처리를 하고 수습하며 상처를 감싸는 데 점점 익숙해지는 듯하다.

아픈 건 나이 들어도 똑같이 쓰리고 아프다. 그렇다고 손 놓고 주저앉아 울고만 있을 수는 없다. 내 곁엔 위아래 좌우 주렁주렁 달린 사랑하는 가족들이 있으니 주섬주섬 일어나 툭툭 턴다. 그리고 나에게 말을 건넨다.

"괜찮아, 이만하면 다행이야."

오늘도
이만하면
괜찮은 하루 !

@ 라나라나

십 년 뒤에도 평범한 하루를
살고 있었으면

≈

　신랑이 주방에서 소금을 쏟고 나서 큰 소리로 짜증을 냈다. 소파에 드러누워 있던 나는 자동반사적으로 벌떡 일어나 그 짜증의 근원지로 향했다. 나 역시 같은 목소리로 짜증을 냈다.

　"오빠는 왜 자기가 잘못해 놓고 맨날 이렇게 짜증을 내지?"

　화가 뻗친 나는 수북이 쌓여 있는 주방 설거지통을 향해 몸을 돌렸고, 보통 30분은 걸려야 끝나는 주방 일을 요란하게 쿵쾅거리며 십 분 만에 후다닥 해치웠다. 속으로는 '어랏, 뻗친 화가 에너지로 변신했네. 이거 이거 어마어마한 에너지인데?' 하며 살짝 이대로 삭히기 아쉽다는 생각이 들어 얼른 걸레를 집어 들었다.

　여전히 속에서는 천불이 활활 불타오르고 있었다. 내 마음이 속삭였다. 이대로 거실 바닥까지 물걸레질을 끝내버리자. 오케이. 명령을 받아들인 내 몸뚱이는 서둘러 걸레를 물에 적신 다음 신랑에게 시위하듯 소금을 쏟아놓은 주방부터 시작해서 거실 바닥의 찌든 때까지 벅벅 벗겨냈다.

로봇 물걸레 청소기가 있지만, 역시나 무릎 꿇고 손으로 박박 문질러대는 한국식 물걸레질에 비하면 성에 안 찬다. 손으로 하는 걸레질이 그렇게 무릎에 안 좋다길래 무릎이 안 좋은 나는 가끔씩만 하려고 하지만 미루고 미룬 지 꽤 되어서 영 찜찜하던 참이었다.

역시나 천불 에너지 덕분에 십 분 만에 끝냈다. 오랜만에 구부린 무릎이 바닥과 마찰을 일으키며 옴쭐옴쭐대느라 이젠 도가니에서까지 열불이 났다. 그러고 나니 화가 반의반으로 줄어들었다.

속에서 타오르던 천불이 도가니를 통해 빠져나왔는지, 에너지를 짧은 시간에 너무 몰아 써서 순식간에 스스로 지친 건지, 미루던 청소를 짧은 시간에 해낸 쾌감 덕분인지 모르겠다.

신랑은 저돌적으로 청소해 대는 내 모습에 살짝 살기를 느꼈는지, 아무 말 없이 수지의 양치질을 돕고 이내 아이를 재우러 들어갔다.

막가파로 변신해 열중해서 청소를 마친 덕분에 우리는 평상시에 한 시간도 넘게 걸릴 저녁 시간의 일들을 후딱 해치우고 둘 다 일찍 자리에 누웠다.

보통 날처럼 어둠 속에서 핸드폰을 들여다보며 이런저런 이야기를 나누는 게 어색해서 두 눈 꼭 감고 잠을 청했다. 그러다 보니 모처럼 숙면을 취하고 그다음 날 기분 좋게 휴일을 맞았다.

잘 자고 일어나서 기분도 좋았고 또 요즘 우리 부부의 낙이었던 드라마를 어제 싸우느라 못 봤다는 것이 퍼뜩 떠올랐다.

"오빠. 우리 어젯밤 못 본 드라마 봐야지."

"어 그래. 잠시만. 리모컨 어디 있지."

후다닥 간단하게 휴일 아침을 차려놓고 나란히 텔레비전 앞에 앉는다.

"야, 시작한다."

우린 어느새 숟가락을 입에 물고 드라마에 빠져들었다.

드라마를 보며 우리끼리라서 가능한 연예인 얘기부터 우리 아이들 얘기까지 어느새 또 시시덕거린다. 정말 지극히 평범하고 특별할 것 없는 일상이다. 부부는 투닥거리고 온갖 짜증을 냈다가도 아이들 얘기할 땐 어느새 한 팀이 되어 눈에서 다시

뿅뿅 하트가 피어난다.

드라마 덕에 아주 천천히 밥을 먹은 후 온 가족이 산책을 나
갔다. 우리 콘도 뒤편으로는 살짝 언덕진 길들이 골목골목 있는
데 일반 주택들이 주욱 늘어서 있고 차들도 많이 다니지 않는
조용한 거리라서 걷기 딱 좋다.

싱가포르는 집값이 많이 비싸고 취득세조차 외국인과 영주
권, 시민권자마다 엄청난 차이가 나기 때문에 집을 구입하기가
쉽지 않다. 땅이 워낙 좁으니 아파트 같은 콘도들보다 일반 주
택들은 더 비싸다. 예전엔 비싸고 좋은 콘도들만 보면 눈이 돌
아갔는데, 몇 번 주택에 초대받은 이후로 그 가격을 알고 나니
이젠 저 낮은 주택들만 보면 이건 얼마짜리일까? 머릿속엔 숫자
들이 마구 굴러다닌다.

한번은 신랑의 옛 상사였던 분이 초대해 줘서 놀러 갔는데
4층짜리 주택에 입이 딱 벌어졌다. 마당도 넓고, 2층 테라스는
햇살 받은 초록 나무들에 둘러싸여 있었다. 천장 유리창을 통해
파란 하늘이 보였다. 심지어 1층에 있는 가사도우미 방이 우리
집 안방보다 더 좋아 보였다.

"이런 집에서 사시면 매일 기분이 좋으시겠어요"라고 했더니

처음엔 4층까지 오르락내리락하며 아이들과 너무 좋아했는데 지금은 아무 느낌이 없다고 했다. 올라가기 귀찮아서 방마다 벨을 달아놓았다고 밥 먹으라고 할 때는 1층에서 누르기만 한다고 한다. 다 같이 깔깔 웃었지만, 겪어본 적 없는 그 일까지 부럽기만 했다.

365일 비행기를 타고 전 세계 출장을 다니며 강철 체력을 자랑하던 그분은 이제 회사를 그만두었다. 내가 기억하던 예전의 불타오르던 열정의 눈빛과는 많이 달라져 있었다. 예전엔 뭐든 삼켜버릴 것만 같은 활활 타오르는 장작불 같았다면, 지금은 온화해 보이는 은은한 향초의 느낌이랄까. 더 연륜이 깊고 따뜻해 보였다.

허리 디스크로 무리하지 말라는 진단을 받고 동네를 슬슬 걷는 운동 중이고, 건강에 좋은 음식들 위주로 식단도 바꾸었다고 한다. 부인의 말에 따르면 지금이 예전보다 더 좋은 건, 일밖에 모르던 남편이 가족들과 보내는 시간도 많아지고 더 여유로워졌기 때문이라고 한다.

그렇지. 행복은 커다란 집에서 오는 것이 아니라 같이 있는 누군가에게서 오는 부분이 더 크니까. 아무리 좋은 집에 살아도 옆에 있는 사람과 주고받는 사랑과 온기가 없다면, 같이 할 시간조차 부족하다면 허무한 마음이 들 것도 같다. 암 그렇고말고.

사랑하는 이들과 같이 지내는 공간도 중요하겠지만 더 신경 써서 가꿔야 할 것은 사랑하는 사람들과의 관계라는 것도 잘 안다.

그분들의 나이를 얼추 계산해 보니 우리보다 열 살은 많은 것 같았다. 가만히 십 년 뒤의 모습을 상상해 본다. 그들처럼 4층 집에 살고 있지는 못하겠지만 싱가포르에서 마음대로 못질할 수 있는 내 집 한 칸은 장만해서 살고 있지 않을까.

신랑은 아직 직장을 다니고 있을까. 지오는 아빠보다 키가 커서 군대도 다녀오고 대학생활을 즐기고 있을까. 수지는 아이돌에 열광하느라 한국어를 빛의 속도로 습득한다는 십 대 소녀가 되어 있을까. 그때도 우리 부부는 투닥거렸다가 아이들 전화를 받으면 서로 반갑게 돌려가며 받고 드라마를 보며 함께 웃고 산책을 다닐 수 있을까.

십 년 뒤에도 이렇게 평범한 하루를 살 수만 있다면 더 바랄 것이 없겠다는 생각을 하며, 작지만 아늑하고 복닥하게 사랑하는 이들과 함께 머무는 숲속 작은 집으로 발걸음을 돌렸다.

가장 좋은 하루는
가장 평범한 하루 。

@ 라나라나

너의 매력은 세상에
하나뿐인 존재라는 것

~~

아이들 방학 때 한 번씩 한국에 들어와 오래된 친구들을 만나서 수다를 떨고 나면, 싱가포르에서 살았던 순간이 까마득한 꿈처럼 느껴질 때가 많다.

고등학교 친구, 대학교 친구, 직장 친구. 모두가 십 대와 이십 대 시절 만난 친구들이다. 그들 앞에서 다시 소녀시절로 돌아가 깔깔대고 웃다가 문득 그런 생각이 들었다.

"아, 나 너무 가식 떨면서 살고 있는 것 같아. 싱가포르에서는 사람들 앞에선 이렇게까지 까불지 못해."

그러자 친구가 말했다.

"그게 정상이야. 나이가 들면서 우리는 여러 사회적인 모습을 장착하고 사는 거지. 어떻게 사람이 모든 사람 앞에서 한결같냐.

그런 사람이 몇이나 될까."

하긴, 부모님 앞에서의 나와 친구들 앞에서의 나. 남편 앞에서의 나와 시댁 식구들 앞에서의 내 모습조차 모두 조금씩 다르긴 하다.

아이들 교육에 관해서도 조금 긴 이야기를 나눴다.

"야, 너 또 교육관이 바뀌었구먼."

"내가? 아 그래? 내가 지난번에 뭐라고 그랬는데?"

"지금이랑 완전 정반대로 이야기했어."

"그… 그렇구나. 내가 사실은 정말 팔랑귀라서."

그러자 친구는 핀잔이 아닌 따스한 온도의 눈빛을 보내며 이야기해 주었다. 그것도 너의 지루하지 않은 매력이라고. 오마나, 이 친구에게 사랑에 빠져 빠져요~. 그윽하게 친구의 눈을 바라보며 나도 한 마디 해주었다.

"난 이상하게 너랑 이야기할 땐 아무 얘기나 막하는 것 같아. 이런 말을 하면 날 줏대 없는 애라고 보거나 이상하게 보지 않을까 이런 생각을 하지 않으니 너무 편해. 한 마디로 네가 날 오해하지 않을 거란 걸 믿는 거지."

"나 오해하는데?"

"음. 오해한다 해도 왜 걱정이 안 될까."

뒷말을 잇지 않고 우린 그저 낄낄 웃었지만, 그건 시간의 선물이라는 걸 안다. 우리가 함께한 시간들 속에서 수많은 우정과 오해, 속상함, 이해, 배려들이 켜켜이 쌓여서 우리 사이에 두텁고도 보드랍고 폭신한 쿠션이 생긴 것을.

지금 함께하는 이들에게 내가 어떤 사람인지 백 퍼센트 보여주지 못하고 또 온전한 이해를 바랄 수 없는 것도 어찌 보면 당연하다. 시간이 아직 그만큼 흐르지 않아서 충격 흡수 쿠션이 조금 얇으니 알아서 몸을 사릴 수밖에.

오해받고 싶지 않고 오해하고 싶지 않아서 애쓰는 에너지가 조금은 필요한 단계이기도 하다. 아직 우리 사이에는 더 많은 시간의 세월들이 쌓여야 할 수도 있으니 말이다.

친한 친구들끼리도 어느 순간 서운해질 수 있다. 그래도 우리는 곧 돌아온다. 눈앞의 서운함, 그 너머의 친구의 존재 자체를 좋아하기 때문이다. 돌아오지 않는 친구도 분명 있을 것이다. 그래도 괜찮다. 세상에는 시간이 아무리 흘러도 아무것도 쌓이지 않는 관계도 있기 때문이다. 죄책감을 가질 필요는 없다.

그저 각자의 삶이 다른 모양새라서 안 맞을 뿐, 억지로 맞추려고 애쓰다 보면 어느 한쪽이 어그러질 수밖에 없으니 각자의 길로 돌아가는 것도 괜찮다.

나는 내 삶의 철학과 사고방식이 누군가와 비교했을 때 더 낫다고 생각하지 않는다. 물론 롤모델로 삼고픈 사람들은 주위에 많이 있다. 하지만 그들의 삶 역시 나보다 더 낫다고 생각하지 않는다.

누구의 삶이 내 취향과 비슷할 뿐이고 누구의 삶은 내 취향과 거리가 멀 뿐이다. 누구의 삶이 나와 더 잘 맞을 뿐이고 누구의 삶은 나와 잘 안 맞을 뿐이다. 그뿐이다. 우리는 서로 비교하며 우위를 가려야 하는 인생의 레이스를 달리고 있는 게 아니기 때문이다.

가끔 그 사실을 생각하면 내 삶이 우주에 하나밖에 없는 유니크하고 소중한 것으로 느껴진다. 더불어 남들의 삶 역시 그렇게 느껴진다. 어떤 모습도 다 나의 모습이고, 어떤 방식도 다 그들의 삶의 방식인 것을.

예전에 한 드라마에서 보았던 '내가 나인 것을 증명할 필요가 없다'라는 대사가 떠오른다. 우리 각자의 매력은, 세상에 하나뿐인 존재라는 그 자체만으로도 충분하니까. 겉으로 순간 드러나는 내 모습이 전부가 아님을 굳이 전하지 않아도 되고 서로를 비판하거나 바꾸려고 하지 않아도 된다.

있는 그대로 나를 바라봐 주는 친구들이 있어서 고맙다. 나 역시 늙어 죽을 때까지 그렇게 그들의 삶을 존중하고 배려해 주는 좋은 할매 친구로 남고 싶다.

너는 너대로,
나는 나대로,
우리 각자 멋있어.

@ 라나라나

마흔의 영혼은
아름답다

≋

'아침에 잠깐 속상한 일이 있었는데 뭐였더라.' 치매가 오는 것인지 예전 같으면 하루 종일 신경 쓰일 일들이 빨리 잊혀진다. 예전엔 속상한 일이 생기면 목구멍으로 음식을 쑤셔 넣는 듯한 기분이 들어 잘 먹지도 못했는데, 마흔이 넘으니 속상한 일 앞에선 식욕이 더 돋는다.

슬슬 내 온몸의 피를 따라 당들이 곳곳에 채워지고 나면, 어느새 기분도 좋아져서 나쁜 감정은 옅어지고 집 나갔던 '이성' 도 돌아온다.

혹시 세상을 더 살아서 모난 성격이 둥글해진 걸까? 그건 아닌 것 같고, 어쩜 그냥 중증치매 돼지가 되어가는지도 모르겠다.

삼십 대엔 신랑하고 싸우면 싱가포르 밤거리를 헤맬 용기도 없어 지하 주차장 차 안에서 펑펑 운 적도 있었는데, 이젠 그런 에너지도 아까워서 할매, 할배처럼 서로의 등 뒤에서 구시렁 구시렁대다 마는 날이 많아졌다.

그때그때 마음의 상태가 더 여유로운 사람이 화를 내고 펄쩍 뛰는 상대방을 받아준다. '그래, 오늘은 내가 참아준다' 이런 기분?

그 마음의 여유는 어디서 오는가. 나 같은 경우는 저녁 준비가 미리 다 되어 있거나, 마음에 드는 물건을 신랑 몰래 질렀을 때이다.요즘은 글이 잘 써진 날도 해당된다. 신랑의 경우는 회사에서 처리해야 할 일이 잘 풀렸거나, 스포츠 경기에서 좋아하는 팀이 이겼거나 하는 경우이다.

같이 노화의 과정을 편안히 보내기 위한 암묵적인 약속이라고나 할까. 이젠 둘 다 그딴 데 낭비할 힘이 많이 달린다는 걸 온몸으로 느끼는 중이다.

아이는 늘 나를 호랑이, 그중에서도 왕중왕 호랑이인 시베리안 호랑이라고 불렀다. 엄마가 아빠보다 더 무섭다고 지어준 별명이다. 하지만 아이에게 호랑이처럼 어흥 소리를 지르고 온몸으로 열을 내며 혼냈던 건 기운이 펄펄 넘치던 삼십 대에나 가능했다.

이렇게 말하면 요즘에는 안 혼내는 것 같지만, 여전히 혼은 낸다. 강도가 정말 약해졌을 뿐. 아이도 엄마가 예전 같지 않은 걸 눈치 채고 더욱 능구렁이가 되어 능글능글 혼날 상황을 잘도 모면한다.

마흔을 넘긴 육체는 서른에 비하여 겸손함의 미덕을 갖추게 된다. 어디 가서 잘난 척 따위는 하고 싶지도, 할 수도 없어진다. 십 년 전과 비교하면 여기저기 나잇살, 군살이 붙고 발바닥과 혀까지 통통 살이 붙는 기분이며 신발도 점점 낮은 곳으로 내려와 키마저도 겸손해지고 있다.

며칠 전 아이에게 나의 필명을 진지하게 고민하며 "엄마. 필명 하나만 지어줄래? 두 글자로" 했더니, 일 초의 고민도 없이 즉석에서 남자아이 특유의 단순한 필명을 세 개나 지어주었다.

"엄마는 서 씨니까. 서시, 서타, 시타. 어때요?"

'어라. 요놈 봐라. 감각이 장난 아니네.'

서타와 시타는 왠지 싯다르타Siddhartha, 석가모니가 출가하기 전 태자 때의 이름도 떠오르고 철학적이며 해탈의 경지에 이른 느낌이었다. 게다가 서시라니.

"지오야. 너 혹시 그 월나라 미녀 '서시'를 아는 거야?"

다시 남자아이 특유의 경쾌한 즉문즉답이 돌아왔다.

"아뇨. 서시는 서 시베리안 타이거, 서타는 서 타이거, 시타는 시베리안 타이거의 약자예요."

아이고… 이빨 빠진 시베리안 타이거 맘은 헛웃음만 지을 뿐이다.

마흔의 육체는 별로지만, 힘 빠진 마흔의 영혼은 사실 더 좋다. 더 마음에 든다. 앞으로 살아갈 마흔의 일정에는 헐렁하고 다정하게, 그냥저냥 더 재밌게 살고 싶다.

헐렁하게,
다정하게,
재미있게.

@ 라나라나

부록

B컷 감성
스토리

엄마의 백치미

분명 아이와 함께 싱가포르에 왔건만, 아이는 원어민처럼 말을 할 수 있게 되었고 엄마는 여전히 관광객 모드로 말을 한다. 아이들은 한 번 다른 언어를 습득하고 나니 다른 언어에 대해서도 장벽이 없어 보인다.

아이는 요즘 친구들과 함께 일본 애니메이션에 푹 빠져 있다. 주제곡을 따라 부르고 밈을 만들어서 서로 놀리고 일어로 농담을 하며 장난을 친다. 나에게도 곧잘 일어로 장난치지만 언어 바보인 나는 그저 싱긋 웃는다. 그러면 아이는 낄낄대다가 뜻을 말해주는데 들어도 그냥 웃는다. 경험상 못 알아듣는 편이 더 행복한 걸 알기 때문이다.

아이도 그런 백치 엄마를 더 좋아하는 듯하다. 예전엔 세상을 호령하는 호랑이 엄마가 본인이 커갈수록 많이 부족해 보이니 엄마를 보호해 줘야 할 것 같은 느낌인가 보다.

더 이상 아이 위에 군림할 수도 없고 하고 싶지도 않은 나이. 이런들 어떠하리, 저런들 어떠하리~. 만수산 드렁칡 마냥 부모 자식으로 함께 사랑으로 뒹굴고 얽히며 이 한 세상 잘 살아가면 되는 거다.

숲속 작은 집 이야기

1월에 숲속 작은 집으로 이사를 갔다. 이 집을 고른 건 오직 한 가지, 거실 발코니 뷰 때문이었다. 폭이 1미터도 안 되는 얕은 발코니지만, 바로 앞은 온통 나뭇잎으로 가려져 있어서 연둣빛 블라인드를 쳐놓은 것처럼 예뻤다. 건너편 앞집도, 1층에 있는 테니스 코트도 경쾌한 공 소리만 들릴 뿐 나뭇잎에 가려 안 보여서 마음 놓고 헐벗고 다니기 좋았다.

하루는 시끄럽게 공사하는 소리가 들리기 시작했다. 다음 날 아침 상쾌하게 창문을 열었는데, 순간 내 헐벗은 몸을 두 손으로 감싸야 했다. 나무도 헐벗고 있었다. 세상에나, 공사하는 소리가 아니라 나뭇가지를 다 쳐내는 소리였다.

맞은편 집이 너무 잘 보였고, 테니스 치는 사람들과 눈도 마주치게 생길 거리였다. 이 집 렌트 계약은 2년인데, 계약이 끝날 때쯤에야 원상 복귀될 것 같은 느낌이었다.

싱가폴은 워낙 나무가 빨리 자라니까 행여 나무가 쓰러지지 않도록 자주 이발을 해주는 것 같다. 하지만, 내 연둣빛 블라인드까지 걷어갈 줄이야. 엉엉. 집 안에서도 비자발적 조신한 조선 시대 여인이 되어버렸다.

숲속 작은 집의 잠자는 공주

여섯 살 수지는 아기 때에도 잠이 없더니 지금도 잠이 별로 없다. 낮잠을 막 이겨낸다. 밤잠도 휘이 휘이 쫓아내며 온 힘을 다해 논다. 열 시 전에 잠을 자본 적이 없다. 그런데 며칠 전부터 공주병에 걸려서 앞으로는 공주님이라고 불러달라고 했다.

"엄마, 공주는 어떻게 밥 먹어요?"
"얌전히 앉아서 예쁘게 먹지."
"엄마, 공주는 어떻게 걸어요?"
"사뿐사뿐 예쁘게 걷지."
"엄마, 공주는 어떻게 자요?"
"아홉 시에 자지."

그날부터 수지는 아홉 시에 드러누워 잠을 자기 시작했다. 이 방법을 왜 이제야 깨달은 건가. 에세이 때려 치고 육아책을 써서 널리 알리면 베스트셀러 단숨에 진입하지 않을까?

잠자는
숲속 작은집
공주님

누구나 그런 구석이 있지

우리 가족은 모두 각자 이상한 포인트에서 이상한 걸 아끼는 구석이 있다.

헷갈리네

하루에 20분 이상 걷기로 했다. 이왕 걷는 김에 장도 보고 오자 하는 마음으로 한국 마트를 끼고 걷기 루트를 잡았다. 문제는 걷고 나면 슬슬 배가 고파져서 매일 먹고 싶은 게 점점 많아진 다는 것이었다. 걷긴 걷는데 이것은 운동인가, 안 운동인가. 건 강한 습관인가. 안 건강한 습관인가.

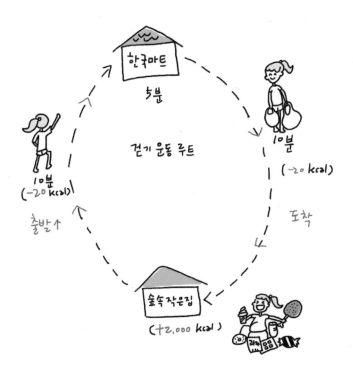

재미있는 카톡 오타 모음

조카가 큰언니 생일에 카톡을 보냈는데 우리 모두 빵 터졌다.

-엄마 생식 축하드려요.